Heike Hagenmaier

Buongiorno
Lacus Benacus Lago di Garda
Gardasee

Märchen
Sagen
Erzählungen

TBT
Verlag

Bibliografische Information der Deutschen Nationalbibliothek. Die deutsche Nationalbibliothek verzeichnet diese Publikation in der deutschen Nationalbibliografie; detaillierte bibliographische Daten sind im Internet unter http // dnb.d-nb.de abrufbar.

1. Aufl. März 2017
Printed in Germany by BoD Norderstedt
ISBN 978-3-930763-70-2
ISBN 978-3-930763-71-9 E-Book
Hörbuch CD-erhalten Sie nur im Text-Bild-Ton Verlag

Impressum
Text-Bild-Ton Verlag Heike Hagenmaier
Rögen 2, 23730 Sierksdorf
E-mail: heike-hagenmaier-tbt@t-online.de
Konzept, Gestaltung, Text: Heike Hagenmaier
Foto: Martin Hagenmaier

Inhalt

Die Bilderburg Runkelstein

Quellen - Literatur

Buongiorno, Guten Tag,
Liebe Leserinnen, Liebe Leser!

Machen Sie Ferien am traumhaft schönen Gardasee, und lassen Sie sich in eine vergangene Welt entführen. Ich habe einige Erzählungen aus dem gleichnamigen Buch zusammengestellt. Fernab vom Touristenstrom und auch zuhause können Sie nun ganz entspannt den Erzählungen lauschen.

Die Römer nannten den Gardasee Lacus Benacus. Kelten, Römer, Goten und auch das Mittelalter hinterließen Spuren am Gardasee. Aus geschichtlichen Ereignissen entstanden Mythen und Erzählungen. Einige finden Sie in diesem Bändchen. Und nun wünsche ich Ihnen viel Lesespaß!
Ihre

Heike Hagenmaier

Mythen, Märchen und Sagen sind wie Träume auf der Suche nach dem verlorenen Augenblick. Sie sind wie die Farben am Gardasee, wenn die Sonne am Morgen über dem Monte Baldo aufgeht und am Abend über dem Westufer wieder versinkt. Wir vergessen es und erinnern uns doch gleichzeitig an das, was einmal war. Es liegt nur verborgen vor uns. Es sind die Geister, die wir wachrufen, die Gestalt und Namen annehmen, dann, wenn wir ihre längst vergessenen Wohnstätten, ihre Kultplätze, Tempel und Kirchen oder ihre Burgen besuchen.

Die Nymphe Engardina
und der verliebte Benacus

Auf der einen Seite fallen die Berge steil zum Etschtal und auf der anderen Seite zum See herab. Der Gardasee wurde vor langer Zeit auch Lacus Benacus genannt. Er ist der größte See Italiens und strahlt an den meist schönen Tagen in einem besonderen Blau mit dem Himmel um die Wette. Aber warum hieß er dereinst Lacus Benacus und woher hat der Gardasee seine so schöne Farbe? Einmal ist es ein helles Blau, dann verfärbt er sich wieder in ein Dunkelblau, fast schon Türkis. Wie es dazu kam, das erzählt uns das alte Märchen von der Nymphe Engardina und dem verliebten Wassergott Benacus.

In ferner Zeit hatten Zwerge hoch oben in den Alpen ihr unterirdisches Reich und wurden von Zwergenkönigen und Königen regiert. Die Feen, Elfen, Sirenen und Nymphen waren in der wilden und weiten Natur wie auch in den Bergseen zu Hause. Eine davon war die kleine Nymphe Engardina. Die Wasserfee mit den wunderschönen blauen Haaren war die Königin des Zwergenreiches am Monte Baldo. Schwimmen und Tauchen war ihre Leidenschaft. Fast an jedem Tag kam sie dazu an einen winzigen See.

Der junge Wassergott Benacus hatte eines Tages das Meer verlassen. Jeden Tag und immer wieder am selben Strand oder an den immer gleichen Küsten vorbeischauen? Nein, das wollte er nicht mehr, das war nur noch langweilig. Er wollte was erleben und sich in der Welt einmal gründlich umsehen. So war er auf seiner Entdeckungsreise am Fluss Etsch angekommen. Wie sollte es nun weitergehen? Nach einigen Überlegungen war Benacus schließlich auf den Monte Baldo gestiegen und kam an einen kleinen See.

Da sah er die keine Nymphe Engardina wie sie sie gerade aus dem Wasser auftauchte. Ihr blaues Haar leuchtete im Sonnenschein mit dem Wasser um die Wette. Wie sie so leicht und anmutig aus dem Teich stieg und sich am Ufer niederließ, da war es um Benacus gleich geschehen. Er hatte sich Hals über Kopf in Engardina verliebt.

An den nächsten Tagen beobachtete er das zarte Wasserwesen nur heimlich. Ja, der viel größere Wassergott war in die zierliche Nymphe verliebt, wie aber sollte er sich bemerkbar machen? Er konnte ja nicht einfach sagen: Guten Tag, darf ich mich vorstellen? Mein Name ist Benacus.

Er versteckte sich hinter Felsen und beobachtete Engardina. Er schaute immer nur zu, wie die winzige Königin des Zwergenreiches aus dem kleinen See stieg und sich ans Ufer setzte. Aber schließlich nahm er all seinen Mut zusammen, räusperte sich und rief so leise er konnte: Hallo!

Aber Engardina war so erschrocken, dass ihr der Atem stockte. Sie fürchtete sich - was war das, wer rief da? Das war kein Vogel und auch kein anderes Tier! Vor Schreck sprang sie schnell wieder ins Wasser und tauchte ab.

Doch Benacus ließ einfach nicht locker, er erschien jeden Tag erneut an dem kleinen See. An einem Felsen gelehnt stand er da, und mit leiser Stimme erzählte er diese und jene kleine Geschichte aus seinem Leben. Wenn er auch noch jung war, so hatte er schon wirklich viel von der Welt gesehen. Und wie er ihr eines Tages gerade wieder etwas erzählen wollte, tauchte Engardina unverhofft aus dem Wasser auf, setzte sich vorsichtig ans Ufer und hörte ihm aufmerksam zu.

Also erzählte er ihr noch eine neue Geschichte aus der weiten Welt, über Meere, Ozeane, Flüsse und Seen. Alles das konnte sie sich aber so gar nicht recht vorstellen, stimmte das denn? So viel Wasser gab es, vielmehr als in ihrem kleinen See? Wenn er von den unendlichen weiten Meeren, den Flüssen, die wiederum ins Meer mündeten, und von großen Seen erzählen konnte, dann hatte er alles doch auch wirklich gesehen? Sie überlegte und sah ihn bewundernd an. Als er ihr dabei sehr nahe kam, sah die kleine Nymphe, wie jung, stark und schön er war. Da verliebte auch sie sich in Benacus, den jungen Wassergott. Sie waren wirklich ein sehr ungleiches Paar, aber beide hatten neben ihrer Verliebtheit etwas gemeinsam. Es war das Wasser, das sie wie Luft zum Leben brauchten. Von da an verbrachten sie nun immer viel Zeit miteinander.

Wenn es ihre Pflichten als Zwergenkönigin erlaubten, saßen sie zusammen an dem kleinen See hoch oben am Monte Baldo. Aber immer wieder musste der Wassergott allein am Ufer zurückbleiben, und das machte ihn wirklich sehr traurig. So saß er dann still da und überlegte, wie er sie dazu überreden konnte, ihm ans Meer oder doch wenigstens an einen größeren See zu folgen. Was konnte er nur tun, um sie zu überzeugen, ihr Zwergenreich zusammen mit ihm zu verlassen? Auch er wollte doch irgendwann einmal wieder in sein Wasserreich zurückkehren. Aber ohne Engardina? Nein, das wollte er sich gar nicht erst vorstellen.

Immer wieder bat er sie, ihm zu folgen. Alle schönen Versprechen waren vergebens. Sie sagte einfach nur Nein! Wie konnte sich Engardina auch ein viel größeres Wasserreich als ihren winzigen See überhaupt vorstellen? Sie kannte ja nur den kleinen See am Monte Baldo. Schon der Gedanke, ihr Reich und ihr fleißiges Zwergenvolk einfach zu verlassen, das machte ihr große Angst. Aber das verriet sie dem jungen Wassergott lieber nicht und erwiderte immer nur: "Ich werde meinen See und mein Zwergenreich niemals verlassen!"

So musste Benacus sich wohl doch mit dem Gedanken vertraut machen, alleine weiter durch die Welt zu ziehen. Auch sein Bitten und die Tränen, die er voll bevorstehendem Abschiedsschmerz vergoss, konnte die kleine Nymphe nicht umstimmen. Er hätte ja auch bei ihr bleiben können, aber so ganz ohne genügend Wasser zum Tauchen und Schwimmen? Nein, das konnte er sich nun wiederum auch nicht so recht vorstellen.

Nach langem Hin- und Her kam ihm aber schließlich doch noch eine gute Idee. Er versprach der Fee einen viel größeren und noch viel schöneren See. Aber sie schüttelte immer noch den Kopf und sagte nur: "Wie soll das gehen? Wo soll es einen solchen See, der größer als meiner ist, denn geben?"

Dann lachte die Nymphe wieder fröhlich, schüttelte ihr langes blaues Haar, sprang ins Wasser und rief: "Ich habe nirgendwo einen größeren See gesehen. Wo soll das denn sein?"

Sie zeigte auf die Felsen, die sich rings herum hoch bis in den Himmel erhoben.
"Hier sind nichts als steile Felsen! Und da unten ist auch nur ein Tal ganz ohne Wasser!"

In dem Tal unten ihnen konnte Benacus tatsächlich kein Wasser, nicht einmal eine Pfütze entdecken. Deshalb ließ er sich aber von seinem

Vorhaben nicht abbringen. Es musste ihm doch gelingen, die Zwergenkönigin umzustimmen.

Er klopfte auf den einen, dann auf den anderen und schließlich noch auf einen vierten und fünften Felsen. Die kleine Engardine beobachtete sein Tun aufmerksam. Sie schüttelte wieder und wieder den Kopf, so dass ihr blaues Haar im Winde flatterte. Dann kletterte sie aber schließlich ganz neugierig aus dem Wasser heraus. Sie wollte erst einmal nachschauen, was Benacus da denn eigentlich trieb.

Bekannt ist, dass ein Wassergott in der Lage ist, aus Felsen Wasser zu zaubern. Dazu hat er ja einen Dreizack. Und so einen hatte der junge Wassergott mitgebracht. Jetzt ergriff er ihn, stand nachdenklich vor einem besonders starken und hohen Felsen. Er zögerte noch, denn es war das erste Mal, dass er das Wassermachen ausprobieren wollte. Aber er fasste Mut, und dann schlug er wieder und wieder mit dem Dreizack an diesem besonderen Felsen. Das klang zuerst wie Donner, und es geschah überhaupt nichts weiter. Nur ein Grollen wie vor einem Gewitter war zu hören. Er versuchte es noch einmal, schlug kräftiger auf den Felsen ein. Aber der Schall kam nur noch stärker von den Bergen zurück. Was hatte er denn nur falsch gemacht? Aber aller guten Dinge sind Drei, dachte er und hieb nun mit aller Kraft auf den Felsen ein. Da brach tatsächlich und ganz plötzlich eine riesige Wasserflut aus dem Felsen heraus. Sie war so gewaltig, dass das Wasser das ganze Tal unter ihnen in Windeseile füllte. Es war zu einem großen See geworden.

Überrascht klatschte Engardina in die Hände. Ihre Freude war riesengroß. Ehe Benacus es sich versah, packte sie ihn und ohne noch einmal zu zögern, sprangen sie zusammen in den riesengroßen See hinein. Man konnte gerade noch das blaue Haar der Nymphe Engardina im Wind flattern sehen, dann verschwanden beide in den unendlichen Weiten des Sees, den man fortan Lacus Benacus nannte. Seitdem schimmert das Wasser des Gardasees an dieser und jener Stelle geheimnisvoll.

Aber das Geheimnis der Liebenden wird wohl für immer in der Tiefe des Sees verborgen bleiben. Wenn die Sonne am Abend wieder versinkt, sie von den Bergen einen Farbenrausch von Orange in Rot, Blau und Lila auf den Gardasee zaubert, und es schließlich auf dem Wasser nur noch wie das blaue Haar der kleinen Nymphe Engardina schimmert, dann taucht alles in eine geheimnisvolle Welt von vielen tausend Wasserwesen ein.

Der wundersame Strahl
der Einsiedler Benigno und Caro

Der Hofkaplan von König Pippin war Rothald oder Radolt. Er war von 799/802 bis 840 Bischof von Verona. Im Jahr 806 besucht Kaiser Karls Sohn Peppin mit dem Bischof Rothald Malcesine und die Einsiedler Benigno und Caro auf dem Monte Baldo.

Im Ort Cassone gibt es einen Teich, der von der Quelle des kürzesten Flusses Italiens Arl gebildet wird. Der Fluss ergießt sich nach 175 Metern in den Gardasee. Von Cassone führt ein steiler und steiniger Weg in zwei Stunden zur Einsiedelei auf dem Monte Baldo.

Die beiden Einsiedler wohnten in einer Höhle und hatten nebenan nur einen Platz zum Beten. Sie waren in die Einsamkeit geflohen, um hier wohl Frieden und Ruhe zu finden. Sie beteten, fasteten oder ernährten sich von Kräutern und wilden Früchten, sie bearbeiteten einen kleinen Garten und tranken das klare Wasser aus der nahen Quelle. Bekleidet waren sie mit einer Kutte aus rauem Tuch, als Bett diente ihnen der mit dürren Blättern bedeckte Boden der Höhle.

Benignus und Caro waren in ihrem einsamen Leben am Monte Baldo aber nicht allein. Eine Frau lebte wie eine Heilige zwischen Felsen und Wald. Oliveta war eine einfache, eher schüchterne und sittsame Frau und Benignus wie auch

Caros geistliche Schwester im Glauben und im Gebet. In der Einsamkeit der Berge wirkte sie im Stillen. Sie übernahm alle häuslichen Arbeiten, hielt die Höhle in Ordnung, bereitete aus dem wenigen, was die Natur und der kleine Garten hergaben, einfache Speisen zu. Auch das Reinigen und Flicken der Kutten war ihre Aufgabe.

Jeden Abend stieg sie den Berg hinab nach Cassone und dann zum Gardasee. Was sie da tat, das blieb unbekannt. Aber böse Leute verbreiteten Klatsch, und in den nahen Ortschaften vernahm man bald schändliche Gerüchte. Oliveta, so wurde gesagt, lebe mit Benignus und Caro fleischlich zusammen. Um anderer Zwecke wie gemeinsame Gebete, gegenseitige Hilfe oder arbeitsames Leben ging es ihr gar nicht.

Diese zunächst noch unbestimmten Gerüchte wurden zum Skandal hochgeredet und verbreiteten sich rasch. So kamen sie auch Rothald, dem Bischof von Verona, zur Kenntnis. Er beschloss, die Sache musste umgehend aufgeklärt werden, und ein Diakon der Kurie wurde zu den Einsiedlern auf dem Monte Baldo geschickt. Er sollte Benignus und Caro zum Verhör nach Verona bringen. Also machte der Mann sich sogleich auf den Weg. Der Diakon kam nach beschwerlicher Reise erschöpft und todmüde am dritten Tage gegen Abend in der Einsiedelei auf dem Monte Baldo an. Benignus und Caro waren gerade im Gebet versunken und Oliveta saß in einer Ecke und flickte Kleider. Alle drei hatten keinen Gast erwartet, aber an der Kleidung des Besuchers erkannten sie einen Geistlichen.

- *Der Friede sei mit dir! Welch guter Wind bringt dich zu uns herauf? begrüßten sie ihn und er antwortete:*

- *Rothald, der Bischof von Verona, sendet mich mit dem Auftrag, euch mitzuteilen, dass ihr sobald wie möglich nach Verona kommen sollt. Ihr müsst euch wegen eures Verhaltens verantworten.*

Weiter deutete er an, dass nun auch das Gerede der Leute und ihre unerhörten Vorwürfe bis nach Verona vorgedrungen und so auch dem Bischof zu Ohren gekommen wären.

Die beiden Einsiedler waren darüber verwundert. In der Einsamkeit der Berge hatten sie von dem Gerede der Leute natürlich nichts mitbekommen, hatten sie hier doch Frieden gesucht und sich von der Welt abgekehrt. Sie waren sich aber keiner Schuld bewusst.

Nachdem sie sich beraten hatten, beschlossen sie, am nächsten Morgen zusammen mit dem Diakon nach Verona zum Bischof zu gehen. Was sollten sie ihm aber als Geschenk mitbringen? Schließlich meinten sie, zwei schöne große Rüben würden den Bischof sicher erfreuen.

Der Diakon wunderte sich. Es war doch keine Zeit für Rüben. Aber die Einsiedler machten sich schon auf in ihren Garten und neugierig folgte der Diakon ihnen. Aufmerksam beobachtete er die beiden. Sie wühlten mit den Händen in der Erde.

- *Was tut ihr da? fragte er und sie antworteten:*
- *Wir säen Rüben.*

Er schüttelte ungläubig den Kopf. War da oben noch alles in Ordnung bei den Einsiedlern, fragte er sich. Er ging dann aber mit Benignus und Caro in die Höhle zurück. Ja, er war müde und erschöpft, vielleicht sah er schon etwas, was es gar nicht gab! Er schüttelte wieder den Kopf und murmelte etwas Unverständliches vor sich hin. Benignus und Caro beobachteten ihren Gast besorgt und bereiteten ihm rasch ein Bett aus Streu. Trockene Blätter wurden in der einer Ecke der Höhle ausgebreitet und der Diakon legte sich sogleich schlafen. Auch die Einsiedler zogen sich in ihre Schlafecke zurück, und im Nu war in der Stille nur noch das Schnarchen der Männer zu hören.

In aller Frühe weckten sie den Diakon und gingen mit ihm zusammen in den Garten. Wo sie gestern gesät hatten, zogen sie zwei große Rüben aus dem Beet. Sie putzen sie und legten sie dem Diakon in die Tasche. Wie überrascht war er, als er feststellte, dass die Rüben zwar groß waren, aber offenbar gar kein Gewicht hatten. War es ein Wunder oder nur ein Zaubertrick?

Dann ging es los. Oliveta blieb bei der Höhle zurück und die Drei stiegen den Berg hinab. Von Cassone aus folgten sie dann dem bequemeren Weg zur Ortschaft Assenza. Von da an war ihre Reise wirklich sehr hart und beschwerlich. es ging über tiefe Täler bis zu den Wiesen von Prado, dann weiter und immer weiter. Es folgte der Abstieg über Spiazzo nach Caprino, von dort nach Bussolengo und weiter nach Verona. Nach drei Tagen kamen sie endlich dort an.

Als die drei Männer vor die Tore der Stadt kamen, brach plötzlich ein gewaltiges Gewitter los. Es überraschte sie, ehe sie noch eine Unterkunft finden konnten. Der Himmel verdunkelte sich, Donner und Blitz folgten und ein rasender Regen brauste über sie nieder. Sie wurden bis auf die Haut nass. So gelangten sie zum Bischofspalast. Ihr Zustand war jammervoll, todmüde waren sie, ihre Kutten triefend nass und schmutzig.

Der Diakon kündigte dem Bischof die Ankunft der Einsiedler an und erzählte keuchend und aufgeregt vom Wunder der Rüben. Er schilderte, was vorgefallen war, und dass es sich wohl wirklich um heilige Männer handeln würde, die

Vorwürfe nur aus der Luft gegriffen, einfach nur böse Nachreden der Leute waren!

Der Diakon redete und redete, aber der Bischof hörte ihm gar nicht mehr zu. Schon bei der Schilderung vom Wunder der Rüben stieg in ihm der Verdacht auf, Benignus und Caro seien wirklich nur zwei Lügner und Schwindler. Ihr Liebeshandel mit Oliveta sei wohl nicht zu Unrecht angezeigt worden. Deshalb ließ er nun die beiden gleich vorführen, um sie auszufragen.

Benignus und Caro erschien in demütiger und ehrfurchtsvoller Haltung vor dem Bischof. Weil ihr Haar noch nass und unordentlich am Kopfe klebte, ihre Kutte vom Regen durchnässt war, baten sie um Erlaubnis, sich trocknen zu dürfen. Der Bischof wies ihnen eine Ecke des Saales zu.

Das Gewitter hatte inzwischen aufgehört und die Sonne kam wieder durch. Sie sandte einen geraden schneidenden Strahl durch das kleine vergitterte Fenster in den Saal hinein. Alles wurde plötzlich hell, sodass es den Anwesenden fast wie ein immaterielles Licht gleich dem Glanz eines Heiligenscheins zu sein schien.

Darin sahen die Einsiedler eine geheimnisvolle Kraft, ein Zeichen der Vorsehung. Sie zogen ihre Kutten aus und breiteten sie achtsam auf diesem Strahl aus, so wie man Wäsche zum Trocknen aufhängt. Und das Wunder geschah, die Kutten blieben hängen.

Der Bischof hatte die wundersame Szene beobachtet und wurde von begeisterter Verwunderung ergriffen. Er blieb eine Weile sprachlos, dann kniete er verwirrt und ergriffen nieder und dankte Gott, dass er durch diese deutliche Offenbarung die Unschuld der zwei Einsiedler erkannt hatte.

Benignus und Caro saßen aber noch zusammengekauert in der Ecke des Saals als sich der Bischof wieder erhob und noch ganz ergriffen zu ihnen sagte:

Steht nun auf! Geht ruhig und froh, Brüder in Christus! Gott hat mir deutlich genug die Frömmigkeit eurer Herzen, die Heiligkeit und Reinheit eures Lebenswandels angezeigt.

Der Fluss Sarca, die Nymphe Garda und der Fluss Mincio

Der Gardasee wird durch kleine Zuflüsse von den umliegenden Bergen sowie von unterirdischen Quellen, aber hauptsächlich durch den Fluss Sarca gespeist.

Das ist alles etwas unübersichtlich! Es werden drei Quellen für den Mincio genannt, die zuerst den Fluss Sarca bilden. Das sind die beiden südtiroler Flüsse Sarca di Genova und Sarca di Nambrone, die mit dem Sarca di Campiglio vereint den Sarca bilden. Im Norden fließt er durch Arco, um dann in Torbole in den Gardasee zu fließen und im Süden in Peschiera del Garda tritt der Sarca dann als Mincio aus dem See heraus. Dies ist der einzige Abfluss des Gardasees. Der Fluss Sarca ist bis Peschiera 78 km lang, der Mincio von Peschiera bis Governolo, wo er in den Po fließt, 75 km lang. Schließlich enden sie zusammen in der Adria. Das ist wirklich etwas unübersichtlich, deshalb wird gesagt, der Fluss Sarca durchfließt den Gardasee und verlässt ihn als Mincio!

Es ist deshalb auch nicht verwunderlich, dass alte Mythen von der Nymphe Garda, den Flüssen Sacra und Mincio erzählen. Wie es dazu kam, dass der eine bei Torbole hinein und der andere in Peschiera wieder heraus fließt, und die beiden Flüsse sich im Gardasee vermischen, davon berichtet diese seltsame Geschichte.

Einst richtete sich der Fluss Sarca müde aus seinem nassen Bett empor. Im Schatten eines Maulbeerbaumes saß eine anmutige Nymphe. Sie war nur bekleidet mit einem schneeweißen Linnengewand. Er wusste, das ist Garda, die Tochter des Wassergottes Benacus.

Garda tat das, was alle Nymphen und auch Mädchen bis heute gerne machen, sie kämmte ihr langes Haar. Die Sonne leuchtete auf ihr liebliches Gesicht und auf die blonden Haare. Alles schimmerte wie in Gold getaucht, und natürlich hatte sich Sarca sofort in sie verliebt. Ja, es war Liebe auf den ersten Blick!

„Hallo!" rief er, aber sie war schon in die schützenden Armen ihres Vaters Benacus abgetaucht. Sarca war enttäuscht, gerne hätte er gesagt, wie wunderschön und begehrenswert er sie fand. Er war sich ganz sicher, er wollte sogleich bei Benacus um ihre Hand anhalten. Aber sie war einfach weggetaucht. Er überlegte, was sollte er jetzt machen? Schließlich hatte er eine Idee, und damit ging er geradewegs zu Benacus.

Sarca schlug ihm vor, seine eigenen Gewässer mit denen des Benacus zu verschmelzen und daraus einen meersweiten See zu bilden. Er sollte Garda heißen. Das gefiel Benacus, und er war mit der Hochzeit zwischen Sacra und seiner Tochter Garda einverstanden.

Zur Hochzeitfeier im Schloss, der märchenhaft schönen Tropfsteinhöhle des Flusses Sacra, eilten unzählige Gäste aus den umliegenden Bergen, Wäldern und Hainen herbei. Sie saßen auf weichen, moosbedeckten steinernen Sitzen und schauten auf ewig blühende frühlingshafte Gärten.

Nach dem Hochzeitsschmaus wurde zum Tanz aufgespielt, und am Abend wurde bei Fackelschein weiter getanzt und gesungen. Die junge Braut war unter allen Nymphen die allerschönste.

Tief in der Nacht kam eine bekannte Wahrsagerin auf den Festplatz. Jeder wusste es, sie sagt jetzt die Zukunft voraus. Die alte Frau ließ sich bedächtig auf einen Felsen nahe der Grotte nieder und sprach sogleich mit leiser Stimme:

„Die Gewässer der Flüsse Sarca und auch des Benacus werden in einem weiten Tal zusammenfließen und einem großen See das Leben schenken. Er soll nach der Nymphe Garda benannt werden. Garda wird als Königin herrschen und auch eine Stadt wird ihren Namen tragen."

Die ganze Hochzeitsgesellschaft hatte sich inzwischen vor der Wahrsagerin versammelt. Wie auch Sarca, Garda und ihr Vater Benacus lauschten sie den Worten dieser seltsamen Frau. Die Wahrsagerin fuhr fort:

„Aus der Ehe des Sarca mit der Nymphe Garda wird ein Sohn hervorgehen, nämlich Mincio. Anfangs strömt er wild durchs Tal, dann vereinigt er sich mit dem Po und spendet mild und gütig den Feldern seine kostbare Feuchtigkeit."

Sie machte eine lange Pause, keiner wagte sich zu rühren. Schließlich atmet sie tief ein und wieder aus, setzte dann mit monotoner Stimme ihre Prophezeiung fort: „An den grünen Ufern des Mincio wird ein Knabe geboren werden. Er wird zu einem berühmten Dichter heranwachsen, von Freude und Schönheit des Landlebens singen und auch von der Rückkehr der Helden. Sie kamen dereinst vom fernen Troja nach Italien, um die Gründung Roms vorzubereiten. Sein Name wird Virgil sein. Dichterfürst und Vorbild aller anderen Dichter."

Sie schwieg und alle wunderten sich über ihre Worte. Aber gar plötzlich war sie wie von Zauberhand verschwunden und niemand sah sie je wieder.

Benacus Söhne

In einer Höhle am Monte Baldo wurden die Überreste eines langobardischen Kriegers ge-funden. Er war wohl auf der Jagd gewesen. Aber nicht erst die Langobarden jagten auf dem Monte Baldo, sondern wie ein Märchen erzählt, machte man seit Urzeiten Jagd auf Bären, Wildschweine, Hirsche und Rehe.

Das taten auch die Zwillinge Limone und Grineus, Benacus Söhne. Als sie älter wurden, machte der Vater sich jedoch Gedanken darüber, was aus ihnen einmal werden sollte. Limone sollte sich der Landwirtschaft widmen, und Grineus Fischer werden. Aber sie liebten nur die Jagd auf dem Monte Baldo und in seinen Tälern. Besonders gerne verfolgten sie Wildschweine, und das sollte ihnen auch bald zum Verhängnis werden.

Ihre Mutter machte sich Sorgen, aber sie redete vergeblich auf die Zwillinge ein. Sie sollten dem Vater gehorchen und nicht nur tagelang in dem unwegsamen Gelände am Monte Baldo auf die Jagd gehen. Aber sie wollten keinesfalls diese langweiligen Berufe wie Bauer oder Fischer ergreifen. Ihre Antwort war immer nur: Männer gehen auf die Jagd!

So kam es, wie es kommen musste, nämlich zu einem schlimmen Jagdunfall. Die Brüder waren in ihrem liebsten Jagdrevier auf dem Monte

Baldo auf Wildschweinjagd und Limone hatte einen Eber verfolgt. Aber plötzlich drehte sich das Tier um und ging zum Angriff über. So sehr sich Limone auch wehrte, er unterlag dem Eber und blutend sackte er zu Boden.

Grineus lief sofort herbei und erlegte das Tier. Lange schrie er um Hilfe, und es dauerte unendlich lange bis die Mutter endlich herbei eilte. Sie warf sich über den leblosen Körper ihres Sohnes und war untröstlich. Sie klagte und weinte bitterlich. In ihrem ganzen Schmerz fiel ihr aber doch noch Benacus ein. Wenn einer helfen konnte, so dachte sie, dann war es Benacus, Limones Vater.

Er war doch ein Gott und verfügte über überirdische Kräfte. So konnte er wohl auch Wunder verbringen. So ging sie zu ihm und erzählte unter Tränen, was Limone zugestoßen war. Benacus war über alle Maßen zornig, denn hätten sie seinen Rat angenommen, so wäre dieser Jagdunfall nicht passiert. Aber er liebte seine Söhne und sagte zu ihr:

„Steig hinauf zum Monte Baldo und dann empor ins Trovai-Tal. Dort findest du an einer klaren Quelle eine Heilpflanze mit blauen Blüten. Sammle sie, wie auch ihre Blätter und Wurzeln. Mach einen Absud daraus und gib ihn Limone zu trinken. Dann wird er bald zu den Lebenden zurückkehren.“

Sie eilte hinauf, suchte das Kraut und braute den Trank. Dann flösste sie dieses Getränk ihrem Sohn ein. Und das Wunder geschah tatsächlich, Limone erwachte wieder zum Leben. Und wie es kommen musste, Grineus wurde Fischer und Limone widmete sich fortan der Landwirtschaft.

Die Hexen von Mondragon

Mondragon liegt ungefähr zwei Kilometer von Lazise entfernt. Heute ist es nicht mehr ein Dörfchen mit einigen Bauernhäusern, sondern ein idyllischer Ort mit Hotels und Residenzen.

Der Name bedeutet „Drachenberg". Der Hügel war von prähistorischen Tieren bewohnt, wie Knochenfunde nachweisen.

Auf der Mondragonspitze befand sich ehemals ein Schloss. Neben dem Schlossherrn und den Soldaten trafen sich des Nachts hier auch Hexen und Drachen. Seltsame Lichter, Gepolter und Geschrei waren zu hören. Die Bauern waren verängstig und schlossen nach dem Aveläuten lieber die Türen ihrer Häuser.

Das alte Schloss von Mondragon, so hieß es, war durch einen Gang mit dem Ort Lazise verbunden. Der Ausgang endete am Wasser im Hafen. Hier lagen Fischer- und Fährmannsboote vertäut, so ähnlich, wie wir es auch heute noch vorfinden.

Auch ein Lastenboot, ein Zweimaster mit zwei ziegelroten Segeln lag dort. Der schöne Lastenkahn übernahm den Warentransport vom oberen zum unteren Teil des Sees und natürlich auch umgekehrt. Der Kahneigner hatte eines Tages etwas Seltsames festgestellt. Nach jeder Gewitternacht befand sich sein Kahn nicht an seinem Liegeplatz und das Gerät lag auch nicht mehr an seinem Platz. Das wiederholte sich ständig, sodass er endlich beschloss, der Sache auf den Grund zu gehen. So wartete er und am Abend schien sich ein Gewitter anzukündigen. Schon schob sich ein dunkles Gewölk vor die Berge am anderen Seeufer. Schnell ging er hinunter zum Hafen, stieg auf seinen Lastenkahn, schlüpfte durch die Bootsluke und versteckte sich in der Kajüte.

Ängstlich wartete er und lauschte. Die Zeit verging, aber nichts als die Turmuhr war zu vernehmen. Sie schlug elf, ja elf Schläge zählte er. Bis Mitternacht will ich noch warten, wenn dann niemand gekommen ist, geh ich heim. Das dachte er und lehnte sich ganz entspannt zurück.

Und dann schlug es vom nahen Turm der Kirche San Nicolò endlich Mitternacht und ein seltsames Geräusch, ein leises Wispern, ließ ihn aufschrecken. Er lauschte und hielt den Atem an. Was war das?

Zwei weiß gekleidete Frauen waren aus dem unterirdischen Gang aufgetaucht, der vom Schloss an den Hafen von Lazise führte. Sie kamen geradewegs auf ihn zu. Durch das Gewölk schimmerte ein fahler Mondschein, und er sah die Gesichter der beiden Frauen. Mager und blass waren sie, mit tiefen Runzeln, die Augen übergroß und feuerrot. Der Mund breit, das Kinn vorstehend, die Nase lang und gebogen. *Er war sich sicher, das waren Hexen und sein Herz begann heftig zu klopfen.*

Fliehen war jetzt unmöglich, er saß in der Falle. So machte er sich so klein wie es nur möglich, schloss die Luke bis auf einen kleinen Spalt und späte hinaus. Die beiden Hexen bestiegen das Boot und schon befahl eine mit kreischender Stimme:

- *Vorwärts Boot, zu zweit! Aber das Boot bewegte sich nicht. Da schöpfte die Hexe schon Verdacht und schrie:*

- *Wer immer Du bist, unbekannter neugieriger Eindringling, jetzt wirst Du mit uns gehen, warte nur!*

- *Vorwärts, Boot, zu dritt! Kaum hatte sie das gerufen, lösten sich Tauwerk und Segel wie von Zauberhand. Das Boot bewegte sich und glitt leicht und schnell aus dem Hafen, der Golf von Salò war ihr Ziel. Die Hexen standen an Deck, ihre weißen Kleider flatterten im Wind.*

Der Fährmann blickte durch den kleinen Spalt in der Luke. Er sah die Skaligerburg von Lazise, wie die Zinnen ihre düsteren geheimnisvollen Schatten aufs Wasser warfen, und ein Schauer lief über seinen Rücken. Die Angst überfiel ihn und es war ihm, als sei er auf einer Reise ohne

Ende. Das Boot flog schnell dahin, bald tauchte Salo auf und es fuhr mitten in den Hafen.

Ein Wink der Hexen und es stoppte. Der Fährmann sah, wie sich ein zweites Boot von der entgegengesetzten Richtung seinem Boot näherte. Mit Entsetzen bemerkte er, dass auch auf diesem Boot Hexen waren. Sie begrüßten einander und verwickelten sich sofort in ein erregtes Gespräch.

Der Fährmann lauschte und hörte, dass die hinzugekommenen Hexen im „Hexental" wohnten, das ungefähr nördlich der Berge von Salò gelegen ist. Ein Tal, aus dem auch heute noch für gewöhnlich fürchterliche Gewitter kommen und sich über den Orten am östlichen Ufer austoben. Vom „Hexental" waren sie nach Salò heruntergekommen und hatten sich dort eingeschifft, um sich mit den Mondragonhexen zu treffen. Der Fährmann vernahm auch, wie sie dem Gewitter in jener Nacht die Richtung geben wollten, das vor allem den Feldern um Lazise Verderben bringen sollte.

Das sollte zur Vergeltung einiger Bauern gelten, die es an den vorhergehenden Tagen gewagt hatten, sich über die Schlossbewohner von Mondragon lustig zu machen. Schnell hatten die Hexen sich geeinigt, stießen die Boote voneinander ab und kehrte eiligst in entgegengesetzter Richtung zurück.

In Lazise angekommen, stiegen die Hexen aus und verschwanden wieder im Tunnel, so wie sie gekommen waren. Der Fährmann war noch auf dem Boot, als sich bereits ein fürchterliches Gewitter über die Gegend entlud. Es folgte ein heftiger Hagelschlag, der geradewegs auf alle Felder in Lazise niederging, genau so wie es die Hexen angezeigt und mit den Kolleginnen aus dem „Hexental" verabredet hatten. Die Gewitter richteten sich tatsächlich nach der böswilligen Laune der Hexen, das musste der Fährmann feststellen.

Die Hexen hatten ihn nicht mehr weiter beachtet, und der Fährmann war wohl noch einmal mit einem gehörigen Schrecken davongekommen. Langsam ließ nun die Anspannung von ihm ab, aber da stürzte er plötzlich ohnmächtig auf das Deck seines Lastkahns.

Bei Tagesanbruch fanden ihn die Fischer von Lazise, die gerade zum Fischfang auslaufen wollten. Er lag immer noch wie betäubt auf seinem Boot. Sie brachten ihn nach Hause und legten ihn ins Bett. Aber er war immer noch ängstlich und nach einigen Tagen verlor er sogar sämtliche Haare. Als er wieder einigermaßen zu Kräften gekommen war, erzählte er von seinem fürchterlichen Abenteuer. Hexen hier am Ostufer und auch drüben am Westufer bei Salò? Sie konnten es fast nicht glauben. Sie berieten sich und kamen zu dem Schluss, wenn einer helfen konnte, dann war es der Pfarrer! Sie liefen sogleich zu ihm und der Lastenkahn wurde gesegnet. Ob das Boot später nochmals von den Hexen benutzt wurde, ist nicht bekannt.

Es ist aber überliefert, dass das Schloss Mondragon später während eines Gewitters von einem fürchterlichen Blitz getroffen und zerstört worden ist. Das Unwetter kam geradewegs vom „Hexental" herüber, da waren sich die Fischer einig, und Hexen wurden seither auch nicht mehr gesichtet.

Die Gardaseeforelle

Es gibt eine Geschichte über Gardaseeforellen, die ist etwas seltsam oder auch unheimlich. Menschen werden darin in Fische verwandelt. Sie entstand wohl in der Zeit, als die Bewohner dieser Gegend um den Lacus Benacus noch den Gott Saturn der Römer verehrten.

- Warum heißt die Gardaseeforelle denn eigentlich Carpioni?
- Sie wurde nach Carpus benannt, dem habgierigen Anführer der Fischerbande.
- Warum ist das Fleisch der Carpioni so zart und wird von Feinschmeckern gepriesen und erhielt bei jedem Festmahl einen Ehrenplatz?
- Diese Gardaseeforelle Carpioni nährt sich vom Goldsand des Sees.

Ob die Menschen das wirklich glaubten? Schon möglich, denn im Jahr 1464 stellte die Republik Venedig die Gardaseeforelle Carpioni unter ihren besonderen Schutz.

Ein Märchen erzählt uns, wie die Gardaseeforelle zu dem seltsamen Namen Carpione kam.

Gott Saturn und die Forellen
vom
Lacus Benacus

Der greise Gott Saturn wurde von seinem Sohn Zeus aus dem Göttereich am Olymp verbannt. In Menschengestalt musste er nun durch Italien ziehen und sich einen neuen Wohnsitz suchen. So kam er an einem heißen Sommertag am Ufer des Lacus Benacus müde und durstig an. Am Ufer saßen Fischer und tranken den köstlich prickelnden Bardolinowein. Saturn trat näher und grüßte freundlich.

„Guten Abend, liebe Fischer. Ich komme von sehr weit her und bin müde. Ich habe Durst und bitte euch, gebt mir einen Becher Wein".

Aber die Fischer brachen nur in höhnisches Gelächter aus und einer spottete sogar: „Du alter Dummkopf, wie kannst Du denn an einem so großen See Durst leiden! Bist Du durstig, so findest Du hier genug frisches und klares Wasser. Wenn Dir heiß ist, so spring in die kühlen Wellen und erfrische Dich!"

Saturn beugte schweigend sein Haupt, schöpfte mit der Hand Wasser aus dem See, stillte seinen Durst und wusch sich dann den Staub und Schweiß vom Gesicht. Er war enttäuscht, soviel Unfreundlichkeit hatte er hier in dieser wunderschönen Gegend nicht erwartet. Aber er wandte sich erneut an die Fischer:

„Ich möchte gern dort auf die Insel mitten im See fahren. Was verlangt Ihr dafür, mich dort hin zu rudern?"

Die Fischer waren dazu natürlich gleich bereit, forderten aber einen sehr hohen Preis. Saturn ärgerte sich über ihre unverschämte Preisforderung, feilschte aber nicht und sagte auch nichts. Stattdessen rief er die Götter des Olymps als Beistand an, und dann stieß der Kahn auch schon vom Ufer ab. Die Fischer legten sich auch tüchtig in die Ruder, und so schwamm das Boot auch bald weit draußen auf dem Gardasee. Der Lacus Benacus schimmerte und glänzte, alles war still. Nur der Schlag der Ruder war zu hören und Saturn schaute sich um. Wie wunderschön die Gegend rings um den See ist, dachte er und wie sich die Farben auf dem See widerspiegeln! Auf der Insel mitten im See, da wollte er sich jetzt gleich niederlassen.

Aber gar plötzlich fielen die Fischer über ihn her und der freche Carpus rief: „Du alter Gauner! Was suchst Du auf dieser verlassenen Insel? Dort willst Du wohl das Gold verscharren, das Du Deinem Herrn gestohlen hast. Das tust Du allerdings vergebens, Dein Schicksal ist hiermit besiegelt. Gib uns das Gold, sonst nehmen wir es mit Gewalt und werfen Dich den Welsen zum Fraß hin."

Die anderen Fischer schrieen furchterregend um die Wette. Alle waren überzeugt, wenn der Greis den überhöhten Fährpreis anstandslos bezahlen konnte, dann musste bei ihm noch viel mehr zu holen sein. Die habgierigen Fischer hatten schon Hand an ihn gelegt, da richtete Saturn sich auf und sprach den schrecklichen Fluch aus:

„Ihr elenden Menschen, mögt Ihr das Gold finden, das Euch so gemein und gierig macht! Ihr werdet es auf dem Seegrund suchen, es soll für ewige Zeiten Eure Speise sein!"

Und kaum hatte er diese Worte ausgesprochen, verstummten die heftigen und lauten Stimmen der Fischer. Ihre Gesichter verfärbten sich blass, der Mund wurde lang, Arme und Hände verwandelten sich in Flossen, das Gewand schmiegte sich wie Schuppen an den Körper, Beine und Füße wuchsen zusammen und wurden zu Schweifen. Nach dieser Verwandlung stürzte der böse Fischer Carpus als erster ins Wasser, dann folgten die anderen Gesellen, bis sie schließlich alle im See untergetaucht waren. Da nahm Saturn die Ruder in die Hand und trieb langsam auf die Insel zu.

Nun betrat er das Ufer, wandte sich dem Wasser zu und traurig sprach er: *„Ihr Nymphen des Benacus, was soll ich jetzt mit diesem unseligen Boot anfangen? Es soll niemals mehr über dieses heilige Gewässer fahren und immerdar ein Zeugnis dieser Götterstrafe darstellen!"*

Sogleich erstarrte der Kahn, er wurde zu Stein und blieb wie ein Felsenvorsprung über dem kristallklaren Wasser hängen. Die verschwundenen Fischer aber sind bis heute als Gardaseeforellen—Carpione bekannt. Benannt nach dem habgierigen Carpus. Sie nähren sich von dem Goldsand, so sagt diese uralte Geschichte.

Die Nymphe und der Zauberer
vom Karersee

Es gibt nicht nur Märchen vom Gardasee, sondern auch von anderen schönen Nymphen. Böse Zauberer und Hexen treiben ihr Unwesen vor allem hoch oben in den Bergen. Eins davon handelt vom Karersee. Über diesen stillen, smaragdgrünen See gibt es also zunächst nichts Geheimnisvolles zu berichten. Er bezieht sein Wasser aus den Quellen des Latemargebirges. An seiner tiefsten Stelle misst er 22 Meter, aber sein Wasserstand wechselt ständig. Im Frühling und Sommer hat er bedingt durch die Schneeschmelze den höchsten Stand erreicht. Im Oktober ist er hingegen nur ungefähr 6 Meter tief.

Warum der Karer- auch Märchensee oder im Ladinischem Lék del Ergobando, der Regenbogensee genannt wird, schildert das Märchen von der schönen Wasserjungfrau.

Es ist Ende Juni und es heißt, zu dieser Jahreszeit und bei sonnigem Wetter funkelt der See in seinen schönsten Farben. Wir fahren langsam bergauf in Richtung Rosengarten und Latemar. Der kleine See liegt ungefähr sechs Kilometer von Welschnofen entfernt. Er taucht jetzt zwischen dunkelgrünen Fichten auf, und zwischen ihnen funkelt es hier und da wie von Edelsteinen in Blaugrün, Gelb und auch Purpur. Manche Bergbewohner sind fest davon über-

zeugt: Dieser Glanz kommt von den Edelsteinen, die auf dem Grund des Sees vergraben sind. Ist das so oder entspringt das nicht eher ihrer Fantasie und dem Wunsch, diesen Schatz irgendwann zu heben?

Wir kommen näher und sehen, das sind nur die Spiegelungen vom tiefblauen Himmel und dem Felsgestein im See. Und wie überall in den Alpen, so gibt es auch hier über diesen See ein Märchen. Es ist die Geschichte von der wunderschönen Wasserjungfrau, der hinterhältig bösen Hexe Strióna und dem Zauberer von Masaré.

Der Hexenmeister war in die Nixe verliebt und wollte sie in sein Reich entführen. Aber immer dann, wenn er am See erschien, tauchte sie ins Wasser ab. Schließlich wurde es ihm wirklich zu bunt. Er war sehr wütend und ließ flugs ein Gewitter hinter dem Làtemar heraufziehen. Blitze wurden in den Karersee hineingeschleudert, doch die Nixe lachte nur.

Durch seine schwarze Kunst könnte er sich auch in allerlei Gestalten verzaubert. Er verwandelte sich also in einen Fischotter und schlich zur Mittagszeit an den Karersee.

Die Nixe sang gern und wieder waren viele Singvögel hierher geflogen, um zuzuhören und von ihr zu lernen. Aber die Vögel bemerkten die Gefahr und warnten die Wasserjungfrau. Schnell tauchte sie unter, aber der Zauberer sprang ihr nach und schwamm, um sie zu erhaschen.

Sie war aber schneller und seine Fischotterbehändigkeit nütze ihm überhaupt nichts. Alle seine Zauberkünste waren bis zu diesem Ereignis vergeblich gewesen, das machte den Hexenmeister über alle Maßen zornig. So eilte er nach Masàre, das liegt 2.806 Meter hoch beim Rosengarten. Dort lebte auch die böse Hexe Strióna, und die wollte er in seiner Verzweiflung nun um Rat fragen.

- *Wie kann ich die Wasserjungfrau vom Karersee entführen? fragte er die Hexe, und sie wusste auch gleich einen Rat.*

- *Einen Regenbogen von Rosengarten bis zum Latemar sollst du schlagen, kicherte sie.*

- *Sofort zauberte er den farbenprächtigsten Regenbogen, den es je gegeben hatte und schickte ihn zum Karersee. Dann sah er die Hexe fragend an, aber sie fuhr schon fort:*

- *Dann musst du dich als Juwelenhändler verkleiden.*

- *Der Hexenmeister sah sie wieder nur fragend an und sie lachte wieder:*

- *Glaub' es oder lass es, das ist mein letzter Rat.*

Und die Hexe war auch schon wieder verschwunden. Ja, er, der große Hexenmeister von Masàre, hatte doch noch Bedenken. Aber weil er so Stolz darauf war, der beste Meister der Hexenkunst im ganzen Latémar zu sein, zauberte er einfach darauf los.

- *Hokus Pokus 1-2-3 — bald schon sei mein! rief er vor Vorfreude und schwang wieder und wieder seinen Zauberstab. Da kamen Tausende kleine und größere Juwelen aus seinem Zaubermantel hervor. Er steckte sie rasch in seinen Zaubersack und machte sich ganz zuversichtlich auf den Weg zum Karersee. In seiner Aufregung vergaß er aber etwas.*

Er sollte sich ja auch noch in einen alten Mann, einen Schmuckhändler, verzaubern, so hatte die Hexe gesagt. Die Verkleidung hatte er aber leider vergessen. So kam er als das, was er eigentlich war, am Karersee an. Er war und blieb ein böser Hexenmeister.

- *Hokus Pokus 1-2-3 — nun sei mein, flieg herbei! Er flüsterte noch allerlei Zauber-sätze, dann erst schüttelte er die Juwelen aus dem Sack. Sie flogen aus seinem Zaubersack in seine Zauberhand und sogleich weiter in den Regenbogen hinein.*

Die kleine Nixe war wie verzaubert vom Regenbogen, von den Farben und den vielen blitzenden Juwelen. Sie hüpfte vor Freude und sprang dem Regenbogen nach. Der Hexenmeister hatte sich schon schnell hinter einem Gebüsch versteckt und beobachtete sie. Er wartete auf einen günstigen Augenblick, denn er wollte die Wasserfee ja kidnappen. Aber alles war vergebens, sie hatte ihn schon gesehen und verschwand blitzschnell im Karersee.

Der Hexenmeister tobte und schrie, dann warf er die Regenbogenstücke und die Juwelen vor Wut in den Karersee. Seit dem schimmert der Regenbogensee in allen sieben Regenbogenfarben. Aber die schöne Wasserjungfrau wurde seitdem nie wieder gesehen.

Das Tal der Athener
Minerva und der Riese Thyphon

Valténesi, Valle degli Ateniesi, Tal der Athener? Ein wirklich seltsamer Name für diese Gegend am Westufer des Gardasees! Eine Sage erzählt, wie es zu diesem Namen gekommen ist, und was das alles mit der griechischen Göttin Minerva zu tun hat.

Minerva und andere Götter wurden vom Riesen Thyphon verfolgt. Ja, sie fürchteten sogar um ihr Leben. So beschlossen sie eines Tages, dass sie sich nicht länger von diesem grauenerregenden Monster schikanieren und bedrohen lassen wollten. Aber was war zu tun, wie sollten sie sich wehren?

Minerva und noch andere Götter versammelten sich also in Athen. Guter Rat war teuer, niemand wusste, wie man den Riesen bezwingen konnte. Er verfügte über ungeheure Kraft, nahm es gar mit den Göttern vom Olymph auf. Da hatten Minerva und auch die anderen Götter überhaupt keine Chance. Ihre Lage schien wirklich aussichtslos zu sein.

Thyphon war ein Riese, aber gleichzeitig auch ein Monster und Gott, schrecklich anzusehen. Ein jeder fürchtete sich, wenn er blitzschnell an jedem beliebigen Ort auftauchte. Er war so groß, dass er mit seinem Kopf die Sterne berührte. Rotglühende Augen traten aus seinem Gesicht und wenn er atmete, schoss aus seinem breiten Mund ein Feuerschwall hervor. Aber das war noch gar nicht alles. Er hatte einen mächtigen Körper, größer als jeder andere Gott. Jedes Bein war mit einer Schlange umschlungen, sie zischten, wenn er sich bewegte. Hunderte Flügel umgaben seinen Körper wie ein Umhang, und seine Hände hatten statt Finger Schlangen.

Minerva und ihr Freunde fanden einfach keinen Ausweg aus diesem Dilemma. Einerseits wollten sie ihre Heimat nicht verlassen, aber andererseits ging es ums schiere Überleben. Es blieb ihnen aber nur ein einziger Ausweg, und schließlich beschlossen sie, zu fliehen. Aber wohin und wie sollte das gehen? Und wieder trafen Minerva und die anderen Götter sich in Athen. Die Beratung dauerte dieses Mal nicht so lange, denn es war ja Eile geboten. Thyphon hatte von dem Treffen gehört und lauerte nur, um sie erneut aufzuschrecken.

Da hatten sie eine gute Idee. Tiere wurden von Thyphon nicht gejagt. Gesagt und getan, so verwandeln sie sich schnell in allerlei Tiergestalten und verließen Griechenland für immer. Sie flogen über die Adria nach Italien und weiter bis sie einen wunderschönen See unter sich erblickte. Es war der Gardasee. Minerva und ihre Freunde ließen sich sogleich auf einem Hügel nieder. Sie sahen das Tal, das Laub der vielen hundert Olivenbäume glänzte in der Mittagssonne. Minerva und ihre Gefährten fühlten sich sofort wie zu Hause, und sie beschlossen, sich hier niederzulassen.

Die Göttin Minerva hatte sich bereits in Griechenland mit dem heiligen Ölbaum der Athena beschäftigt. Sie hatte entdeckt, dass das Blattwerk Heilkräfte enthielt und ein wenig herum exprimentiert. Sie wusste, auch das Öl der Früchte enthielt viele Stoffe, die für die Gesunderhaltung wichtig waren. Hier in diesem Tal war alles vorhanden. Olivenbäume soweit das Auge reichte, und der Riese Thyphone, dieses Monster, war weit weg! Minerva war glücklich und beschäftigte sich jetzt im Tal der Athener auch wieder mit den Lehren des heiligen Ölbaums und allerlei anderen Künsten.

Der stumme Ritter und die verschwundene Insel im Gardasee

Lange noch wurden aber Geschichten von versunkenen Städten, von Wasserwesen sowie anderen sonderbaren Dingen und Erscheinungen im Gardasee erzählt. So glaubte man zu wissen, dass unheimliche Wassergeister da im Gardasee ihr Unwesen trieben. Menschen wurden mit samt ihren Boote in den Strudel gerissen und verschwanden für immer im See.

Eine Erzählung weiß von einem namenlosen Ritter zu berichten. So hieß es, in entfernter Zeit lebte auf einer Insel inmitten des Gardasees ein Ritter ganz allein in einem prächtigen Schloss. Nach vielen durchstandenen Abenteuern, blutigen Fehden und heiligen Kriegen hatte er sich hier niedergelassen. Er hatte seine Waffen, Schwert, Lanze und seine Rüstung in die Ecke gestellt und fortan wie ein Einsiedler allein auf der Insel gelebt.

Traurigkeit und düstere Gedanken hatten ihn überfallen. Stumm verbrachte er die Tage. Er sprach mit niemand mehr. Einladungen der benachbarten Ritterschaft nahm er nicht mehr an. Hatte er Jagdausflüge ins nahe Etschtal und auf den Monte Baldo wie auch Ritterturniere geliebt, so blieb er allen Vergnügungen nun fern. Er war zum Einsiedler geworden.

Sein Schloss verließ er nur ungern und nur, um stumm am Ufer zu sitzen. Dann blickte er auf das Wasser und die umliegenden Berge. Schließlich ergriff er seine Harfe spielte und sang traurige Lieder bis die Nacht kam.

Liebliche Harfenklänge erfüllten die Luft. Sie erreichten den felsigen Strand im Norden und den flachen im Süden, das östliche und westliche Ufer. Weit über den Gardasee hinaus waren seine traurigen und sehnsuchtsvollen Lieder zu vernehmen. Sie erreichten so manches versteinerte Herz und ließen Menschen wieder von ewigem Frieden träumen. Sie weckten aber auch die Geister. Sie kamen herauf aus der Tiefe des Wassers und aus ihren Grotten. Dann schwebten sie über den See und tanzten im sanften Mondlicht bis wieder ein Morgen graute.

Das Unglück geschah in einer schwülen Sommernacht. Ein Gewitter zog ganz plötzlich und ohne Vorwarnung auf. Viel heftiger noch als es am Gardasee üblich ist. Der Sturm schüttelte den Wald und Fluten ergossen sich über Wiesen und stürzen sich von den Bergen in den See. Schwarzes dichtgedrängtes Gewölk verdunkelte den Mond. Heerscharen von Windgeistern tobten sich über den See, die Berge und dem Ufer aus.

Die Hirten, Fischer, Winzer und Ritter schreckten auf. Sie standen vor ihren Hütten und Burgen. Schreckliches kam von der Insel herüber. Ein Klagegesang erscholl und verhallte erst im Plätschern der Wellen. Dann legte er sich und alle hörten einen stillen Laut, einen feierlicher Ton in der Luft.

Als der Morgen graute, sahen sie, was geschehen war. Die Insel im Gardasee war mit samt Schloss verschwunden. Ob der Ritter mit den Fluten in die Tiefe gerissen worden war, wusste man nicht zu sagen. Ob er das Unglück selbst verschuldet hatte, und er von einer höheren Macht für begangene Missetaten bestraft worden war, keiner erlaubte sich ein Urteil.

Hatte der stumme Ritter doch so viel Gram erlitten und gelebt wie ein Einsiedler und wurde trotzdem mit in die Tiefe gerissen? Sie fragten sich, welche Geister er durch seinen Klagegesang gerufen hatte. Man ahnte es und jeder war stumm geworden. Wer wusste schon, ob es sie als nächstes treffen würde. Sein Verschwinden blieb ein schauerliches Geheimnis und jeder fürchtete sich.

Wo seit Menschen Gedenken eine Insel im Gardasee gelegen hatte, gab es jetzt nichts mehr. In regelmäßigen Abständen machte der See sich bemerkbar und die Strudel versetzten Fischer und Schiffer vom Gardasee weiter in Todesangst. Aber nicht nur in früherer Zeit waren sie bei Fischern, Kahnführern und Schiffern gefürchtet. Seltsame Wasserbewegungen, plötzliche Wasserstrudel sind am Gardasee bekannte

Erscheinungen. Heute kennt jeder Fischer die Tücken des Sees und weiß, wann er zum gefahrlosen Fischen auslaufen kann. Aber das düstere Geheimnis des Sees bleibt für immer in Erinnerung.

Aus der Forschung
Die deutsche Heldenepik in Tirol

Die Herogonie beschäftigt sich also mit dem Personal von Heldendichtung und der Autor gibt Antwort auf die Frage, "warumb got die cleinen zwerg und die grossen rysen, und danach die held ließ werden".

Danach sind Riesen und Zwerge die Helden. Es wird gesagt, dass zuerst die Zwerge geschaffen wurden: Sie sollten die Schätze der Berge hüten und das Land bebauen.

Gott schuf sie gar "listig und wyse", damit sie Gutes und Böses zu erkennen und alle Erdengüter nutzen konnten.
Die Tarnkappe machte sie zu ihrem Schutze unsichtbar, außerdem waren sie von Adel, Könige und Herren.

Die Riesen aber schuf Gott, damit sie zur Sicherheit der arbeitsamen Zwerge die wilden Tiere und Drachen erschlügen. Sie wurden indes gar böß ungetrü. Aus diesem Grunde schuf Gott starke Helden und legte ihre Natur so an, dass ihr Sinn und Streben auf Mannhaftigkeit, Ehre, Kampf und Krieg ausgerichtet war, so kamen sie den Zwergen zur Hilfe wider die Riesen und wider die wilden Tiere und Drachen.

Und über die Helden wurde gesagt:
„Die Helden erbrachten manche Schwerttat, indem einer den anderen erschlug. Sie dachten nie daran, auszureiten ohne Bereitschaft zum Kampf, mit Schild und festem Helmen. Viele erlebten Leid und Not. Man sagte, wer viele ohne weiteren Anlass (ane schulde) erschlug, vollbrächte Großartiges. Man pries daher ihre ruhmvollen Taten, wenn man die Toten von ihnen wegtrug.

Von Riesen, Zwergen und Drachen

Vor langer Zeit lebten in den Alpen Riesen und Riesinnen. Zwerge und böse wie auch gute Hexen verbargen sich in den Wäldern. Gefährlich für Mensch und Tier waren aber auch die Drachen. Es gab gefährliche menschenverschlingende Flugdrachen, die sich in Windeseile von einem Ort zum anderen bewegen konnten. König Diedrich von Bern und Ritter Fasold hatten schon ihre Bekanntschaft gemacht.

Dann gab es aber auch noch die großen feuerspeienden Drachen. Ihre Aufgabe war es, so sagte man, Höhlen mit unvorstellbar kostbaren Schätzen zu bewachen. Aber diese Drachen waren nachlässig und faul geworden und kamen ihrer Aufgabe einfach nicht mehr nach. Stattdessen schliefen sie oder lungerten einfach nur vor den Höhlen herum.

König Ortnit
&
die Drachenbrut

In dem Dorf Montdragon am Gardasee fand man Beweise, dass hier dereinst Drachen lebten. Das ist sehr lange her, aber im Mittelalter kamen wieder Sagen in Umlauf, und man erzählte, wie Drachen an den Gardasee und ins Etschtal kamen

Der Weg führt uns an der Etsch entlang vorbei an den „Drachenhöhlen" in den Felsen kurz vor Trient. Da fällt mir auch gleich wieder die Sage von der Verbreitung der Drachen am Gardasee und im Etschtal ein.

Es war König Ortnit, der Herrscher von Lampartenland. Er wohnte auch auf der Burg Rocca del Garda hoch über dem Gardasee. Ortnit hatte sich in die Tochter des heidnischen Königs Machorel aus Montabur verliebt. So zog er aus, um bei ihrem Vater um ihre Hand anzuhalten - und er bekam sie. Er heiratete die Prinzessin und nach den Hochzeitsfestlichkeiten kehrte er mit seiner Frau auf die Burg Rocca del Garda zurück.

Bald darauf erhielten die frisch Vermählten Besuch von einem Boten des Königs Machorel. Er überreichte Ornat ein besonderes Geschenk. Es waren Eier von Echsen, die alle einen besonders großen Edelstein in sich tragen sollten, soviel verriet der königliche Gesandte. König Ornit und seine Gemahlin waren über das nachträgliche Geschenk zunächst erfreut, fragten sich dann aber bald: Warum wurden die Edelsteine ausgerechnet in Echseneiern verpackt? Warum und wozu der ganze Aufwand?

„Die Edelsteine hätte mein Vater uns auch ohne diese seltsame Verpackung überreichen können", das sagte die junge Königin von Burg Garda kopfschüttelnd zu ihrem Mann.

Beide waren nun misstrauisch geworden, was plante König Machorel? Also übergab Ornit die Echseneier lieber seinen Jägern. Sie sollten sie in die Berge bringen und sie überwachen. Es waren natürlich keine Edelsteine in den Echseneiern versteckt gewesen, so wie es König Ornit schon vermutet hatte. In Wirklichkeit schlüpften kleine Drachen. Um sie erst einmal loszuwerden, wurden sie ganz einfach in den dichten Wäldern des Etschtals ausgesetzt und sich selbst überlassen.

Im Nachhinein ist man immer klüger, das wissen wir bis zum heutigen Tage. Bevor sich die kleinen Drachen in riesige Monster hätten entwickeln können, wäre es besser gewesen, wenn die Jäger sie gleich erschossen hätten. Die Zeit verging und es schien alles in bester Ordnung zu sein. Niemand dachte mehr an die kleinen Drachen. Aber sie wurden zu riesigen, feuerspeienden Monstern. Sie bekamen wieder

Junge und zusammen wurden sie zur richtigen Plage. Sie lebten mit Vorliebe in den Wäldern und wohnten in Felshöhlen. Jeder, der das Etschtal durchqueren wollte, fürchtete sich vor den feuerspeienden Drachen.

Die Drachenbrut war also aufgegangen und das war wohl auch beabsichtigt gewesen. Für dieses Geschenk seines Schwiegervaters fühlte sich Ortnit verantwortlich. Es hatte sich nicht nur als Gefahr für ihn selbst herausgestellt, sondern für alle seine Untertanen. Ortnit beschloss also, dem Drachenspuk endlich ein Ende zu bereiten.

Der König war für den Drachenkampf bestens ausgerüstet. Er war von seinem Vater, dem elfenhaften Zwerg Alberich, schon vor längerer Zeit mit einer goldenen Rüstung und dem Schwert Rose ausgestattete worden. Das magische Schwert sollte ihm dabei helfen, denn es konnte sogar Steine und Drachenhaut durchdringen. So ausgerüstet machte er sich von der Burg Garda auf den Weg ins Etschtal.

Unterwegs traf er noch seinen Vater. Der Zwerg Alberich war sehr besorgt. Aber wenn Ortnit den Kampf mit den Drachen unbedingt suchen wollte, dann sollte er seinen Rat wenigstens nicht in den Wind schlagen und keinesfalls im Freien schlafen. Gegen Drachen können nur sehr Mutige kämpfen und siegen. Das wusste Alberich und König Ornit versprach ihm, seinen

Rat zu befolgen. Er dachte bei sich: Was soll mir denn schon geschehen?

Im Etschtal war alles ungewöhnlich ruhig und während er weiterritt, sprach Ortnit sich Mut zu. Nirgends vor den Felshöhlen waren Drachen zu sehen. So war er bald schon nach dem langen Ritt im glühenden Sonnenschein müde geworden, aber er dachte an Alberichs Rat und sagte sich immer wieder: Nur nicht einschlafen!

Endlich war er ganz in der Nähe von Trient. Langsam setzte die Dunkelheit ein. Da beschloss Ornit, sich in der Nähe einer Höhle nun endlich etwas auszuruhen. Es war ja alles ruhig, keine Drachen ließen sich blicken, und er war wirklich sehr sehr müde. Lange versuchte er noch, wach zu bleiben. Nur ja nicht einschlafen, so wie Alberich ihm geraten hatte. Aber dann fielen ihm die Augen doch zu, und er fiel in einen tiefen Schlaf.

Die Drachen hatten ihn natürlich den ganzen Tag über schon belauert. Versteckt hinter Felsen, in Höhlen oder dichtem Wald hatten sie perfekt getarnt auf König Ortnit gewartet und jetzt krochen sie vorsichtig hervor. Sie näherten sich lautlos der Höhle. Sie sahen gleich, von Ortnit ging überhaupt keine Gefahr aus. Das Schwert Rose war aus seiner Hand geglitten und lag ein paar Meter von ihm entfernt. Sein Pferd war ebenfalls eingeschlafen. Die Gelegenheit war also günstig, Ortnit konnte nicht und die Drachen mussten nicht kämpfen.

Alles verlief beinahe geräuschlos. Ein Drache kroch nahe heran, packte Ortnit mit seinem riesigen Maul und schleppten ihn in eine nahgelegene Höhle. Dort warteten schon seine hungrigen Jungen, und ihnen warf er König Ortnit vom Lampartenland zum Fraß vor.

Einige Zeit später kam König Dietrich von Bern an dieser Höhle vorbei. Aber das ist eine ganz andere Geschichte. Wir fahren jetzt erste einmal nach Bozen und später nach Burg Runkelstein.

- *Ist das eine richtige Ritterburg?*
- *Ja und nein – da könnt ihr Fresken sehen …*
  und auch Ortnit!
- *Fresken, was sind das denn?*

Das sind Wandmalereien, wie wir sie in Kirchen sehen können. Auf Burg Runkelstein sind ähnliche Fresken noch erhalten. Auch Ortnit ist als einer der drei Riesen zu sehen und Dietrich von Bern ebenfalls. Aber die könnt ihr dann ja auf Burg Runkelstein ganz genau anschauen.

Burg Runkelstein und die

Heldengestalten

Das Personal der Heldensage ist in Runkelstein zu sehen. Da finden wir die Riesen, Riesinnen und Zwerge wieder.

In der Burg Lichtenberg im oberen Vinschgau waren die Laurinfresken zu Hause. Sie wurden aber abgenommen und ins Ferdinandeum zu Innsbruck gebracht. Leider verschwanden sie in der Abstellkammer, so dass wir sie nicht ansehen konnten.

König Dietrich, Ritter Fasold
und der Flugdrache

König Theoderich, besser bekannt als Dietrich von Bern aus den Heldensagen, hatte seinen Sitz in der Stadt Verona oder Bern, wie sie auch genannt wurde. Mittelalterlich Reisende berichteten über diesen Palast wunderbare Dinge und ein erhaltenes Bild vermittelt uns, wie er wohl ausgesehen haben mag. Er thronte hoch über der Stadt und dem reißenden Fluss Etsch.

Leider wissen wir heute überhaupt nichts mehr über Theoderichs Burg auf dem Rocca del Garda. Wie sah sie wohl aus, so prächtig wie der Palast in Verona? Was wir aber wissen, König Theoderichs väterlicher Freund und Waffenmeister Hildebrand hielt dort Wache. Oft machten sie sich zusammen mit anderen Rittern auf, um auch im Umland nach dem Rechten zu sehen. So wurde folgende Geschichte erzählt:

Als sie aus dem Wald kamen, sahen Dietrich und Fasold etwas Sonderbares. Es war ein großer, langer und dicker Flugdrache. Sein Kopf war groß und fürchterlich anzusehen. Er flog dicht über der Erde, und jedes Mal, wenn seine Klauen die Erde berührte, war es, als ob man mit einem scharfen Pflug gepflügt hatte. Aber das Schrecklichste war, dass er in seinem Maul einen Mann schleppte. Er hatte ihn von den Füßen bis hinauf unter die Arme verschlungen. Nur der Kopf und die Schultern hingen aus dem Rachen heraus und die Hände steckten zwischen den Unterkiefern. Aber er lebte noch und als er Dietrich und Fasold heranreiten sah, rief er:

Wackre Gesellen, reitet hier her und helft mir. Dieses abscheuliche Ungeheuer holte mich von meinem Schild, während ich schlief. Im Wachen wäre mir das nicht zugestoßen.

Als die beiden das hörten, sprangen sie schnell vom Pferd und zogen ihre Schwerter. Sie hauten beide gleichzeitig auf den Flugdrachen ein. Aber weder Dietrichs noch Fasolds Schwert konnte dem Ungeheuer etwas anhaben. Es haftete einfach nicht und glitt von der Drachenhaut ab.

Der Drache war groß und sehr stark, aber mit dem Mann im Maul konnte er dennoch nicht hochfliegen, und so konnte er sich auch nicht wehren. Der Mann im Drachenmaul rief Fasold zu:

Ich sehe, dass dein Schwert nicht haften kann, denn er ist dagegen gefeit. Nimm hier das Schwert, das im Drachenrachen steckt. Es wird zertrennen, was unter seine Schneide kommt, vorausgesetzt, dass es ein Held führt.

Fasold sprang sofort herbei und fasste zwischen die Kinnbacken, riss das Schwert aus dem

Rachen und schlug auf den Drachen ein. Der Mann rief:

Hau vorsichtig! Meine Füße hängen im Drachenschlund, und ich möchte nicht, dass sie von meinem eigenen Schwert abgeschlagen werden! Es ist haarscharf!

Schlag zu, so stark wie ihr nur könnt. Denn nun kneift mich der teuflische Drache mit seinen Kiefern so fürchterlich, dass mir das Blut schon aus dem Mund springt!

Dietrich und Fasold schlugen solange gewaltig auf den Drachen ein, bis er endlich tot war, und der Mann befreit werden konnte.

Königin Adelheid

Märchen sind auch heute noch spannend. Das Böse wird besiegt und die Zuhörer können endlich aufatmen. Am Ende gibt es noch eine märchenhaft schöne Hochzeit. Und wenn sie nicht gestorben sind, so heißt es, leben sie noch heute.

Königin Adelheid von Italien lebt natürlich heute nicht mehr. Aber ihre Geschichte endete doch wie im Märchen. Sie wurde aus der Gefangenschaft gerettet, blieb Königin von Italien und wurde auch noch Kaiserin von Deutschland.

Zuerst aber begann die Geschichte von Königin Adelheid eher wie ein nicht aufhörendes, weil böses Märchen. Sie war jung und schön, aber glücklich war sie nicht. König Lothar von Italien war vergiftet worden, und die junge Witwe musste die Regierungsgeschäfte ganz allein übernehmen. So lebte Adelheid nun allein in der langobardischen Königsstadt Pavia. Nur die kleine Tochter Emma war ihr geblieben und auch ihre alte Magd hielt ihr die Treue.

Sie wohnten in einem Palast, eine große Dienerschaft ging Adelheid zur Hand, und sie mussten auch nicht Hunger leiden. Die prächtigen Kleider aus Seide, Spitze, Brokat und Samt sowie ihr kostbarer Schmuck füllten Truhen und Schubladen. Adelheid hätte also zufrieden sein können. Sie war eine fromme Frau, aber Gebete und göttlicher Beistand halfen ihr in ihrer Trauer nicht wirklich weiter. Vielmehr musste sie erst einmal lernen, sich in einer Männerwelt durch zusetzen. Vor Intrigen und auch vor Mord schreckte am Hofe in Pavia keiner zurück, das wusste Adelheid aus leidvoller Erfahrung.

Eine Frau als Königin von Italien, das konnte doch nicht gut gehen? Da hatte Herzog Beringar eine Idee. Sein Sohn sollte König von Italien werden. Der Weg zum Ziel war vorgegeben, Adelbert musste nur Königin Adelheid heiraten. Sooft er es auch versuchte, sie wies ihn und seine Brautwerber aber immer wieder ab. Sie war die Königin von Italien und brauchte keinen Mann an ihrer Seite. Das gab die selbstbewusste junge Frau den Herzögen deutlich zu verstehen.

Es verging wieder einige Zeit und es schien alles vergessen zu sein. Aber Adelheid fühlte sich in ihrem Palast in Pavia trotzdem nicht sicher. Es war nicht nur die Trauer, die sie nach dem Tod ihres Mannes befallen hatte, sondern immer wieder fürchtete sie, dass auch sie wie König Lothar vergiftet werden könnte. Auch seltsame Vorkommnisse gaben Rätsel auf. Diener wurden krank, tauchten gar nicht mehr auf, waren plötzlich spurlos verschwunden. Wie konnte es geschehen, so fragte sich Königin Adelheid, dass aus gutbewachten privaten Räumen ihr kostbarer Schmuck geraubt werden konnte?

Und dann geschah etwas ganz Unerwartetes. Gerade als Pater Martinus die Messe beendet hatte, drangen Bewaffnete in die Kapelle ein. Sie bedrohten den Pater, Adelheid und auch ihre Magd. Obwohl sich alle Drei heftig wehrten, wurden sie in Ketten gelegt, die Augen verbunden und mit Gewalt aus der Kapelle und dem Palast geschleppt.

Eine lange Fahrt begann. Wohin Adelheid, ihre Magd, der Pater und ihre kleine Tochter gebracht werden sollten, wurde ihnen erst kurz vor dem Ziel mitgeteilt. Sie waren am Gardasee angekommen und vor ihnen lag die alte Langobardenburg auf dem Rocca del Garda. Dort wurden sie schon von Herzog Beringar erwartet.

Warum aber gefesselt und mit verbundenen Augen? Niemand gab ihnen eine Antwort, vielleicht wussten sie es auch nicht. Aber der Herzog stellte sogleich alles klar. Königin Adelheid sollte ihr Jawort geben und seinen Sohn Adelbert heiraten oder sie würde im Kerker so lange verschwinden, bis sie endlich zur Vernunft gekommen sei. Adelheid entschied sich für den Kerker und wurde sogleich zusammen mit ihrer Magd eingesperrt. Wie lange sie da einsaßen, ist uns nicht überliefert worden. Aber die Königin blieb standhaft. Nein, sie wollte Adelbert nicht heiraten und sich dadurch die Freiheit erkaufen. Die Zeit verging nur schleppend, die fromme Königin betete ohne Unterlass und hoffte vergeblich auf ein Wunder.

Herzog Beringar hatte aber nicht gewagt, auch noch Pater Martinus einzukerkern. Der fromme Mann war in der ganzen Zeit keineswegs untätig gewesen. In der Dunkelheit der Nacht, dann wenn auch die Wächter müde waren und nur noch nachlässig herumhingen, grub er ganz unbemerkt einen Tunnel von der Burg hin zum Gardasee. Und so fanden Adelheid, ihre Magd und die kleine Emma schließlich den Weg aus der Burg heraus zum See. Vorerst waren sie befreit, aber damit war noch nicht alles vorbei. Nach der Flucht in einem kleinen Fischerboot über den Gardasee mussten sie noch so manches Abenteuer bestehen.

Herzog Beringar war natürlich außer sich und versuchte sie wieder einzufangen. Er schickte seine Häscher hinterher. Immer wieder mussten die Flüchtigen neue Verstecke suchen. Zuerst hatten sie eine Weile auf einer kleinen Insel ausgeharrt. Sie wollten aber nach Lugana, das liegt am südlichen Gardasee.

Weil Beringars Männer sie an allen nur denkbaren Orten suchten, Fischer befragten und sie bedrohten, suchten sie zunächst Schutz in der Ruine einer alten Kirche. Sie ist noch heute als *die Kammer der Königin* bekannt. Die Fischer vom Gardasee ließen sich aber nicht einschüchtern, keiner verriet, wo sich Adelheid gerade versteckt hielt. So sehr liebten und verehrten sie ihre Königin.

Schließlich konnten sie nach Lugana fliehen. Dort angekommen, machte sich Pater Martinus sofort auf den Weg nach Mantua. Er wollte Hilfe aus Cannossa holen, wo sich König Otto gerade aufhielt.

Inzwischen fanden Adelheid mit ihrer Tochter Emma und der treuen Magd nahe beim Ufer Schutz in einem kleinen Getreidefeld. Es war gerade so groß, dass sie sich vor den Häschern verstecken konnten. Aber das war gar nicht mehr nötig. Die römische Göttin der Feldfrucht Ceres, die einige am Gardasee immer noch verehrten, und auch Maria beschützten sie. Das Wunder oder die göttliche Vorsehung geschah ganz lautlos: Alle Drei waren für die Augen der Häscher unsichtbar geworden. Daraufhin zogen sich die Männer irritiert und enttäuscht zurück.

Herzog Beringar hatte auch aufgegeben und Pater Martinus benachrichtigte König Otto von Adelheids Festnahme und Flucht aus Burg Rocca del Garda. So fand Königin Adelheids Geschichte schließlich auch noch ein gutes Ende. König Otto eilt herbei und heiratet die junge und schöne Königin. In der Basilika San Michele in Pavia geben sie sich das Ja-Wort und Adelheid bleibt Königin, Otto wird König von Italien.

Jedes Märchen hat immer auch ein gutes Ende. Bald darauf sind sie nicht nur Königin und König, sondern auch Kaiser und Kaiserin. Ob sie wie im Märchen glücklich bis an ihr Ende lebten, das ist nicht überliefert.

Auf der Suche
nach Laurins Rosengarten

Wenn am Abend die Sonne versinkt und ihre letzten
Strahlen die Felsen berühren, zeigt der verzauberte
Rosengarten in der Dämmerung wieder seine
Blütenpracht. Der Berg erstrahlt über und über im
Rosenschimmer und erinnert uns an Zwergenkönig
Laurins Rosengarten.

Zwergenkönig Laurins Rosengarten liegt hoch
oben in den Dolomiten. Es ist eigentlich nur ein
sehr steiles Gebirge, das nach der Laurinsage
Rosengarten genannt wird. Wir haben es viele
Male besucht. Obwohl wir bis zum Sonnenunter-
gang warteten, hatten wir immer wieder Pech.
Eigentlich wollten wir das Alpenglühen sehen,
aber jedes Mal verdunkelte eine Wolke den
Himmel. Von Laurins Rosengarten war nichts zu
sehen. Es waren nur graue Felsen, die unnahbar
spitz und steil in den Himmel ragten. Aber
Paragleiter nutzen sie, stürzten sich herab und so
von den Winden getragen, glitten sie wie Adler
scheinbar schwerelos durch die Lüfte.

Zwei Könige und ein Rosengarten

Vor langer Zeit lebten zwei Könige, die unter-
schiedlicher nicht sein konnten.

Der eine war König Theoderich von Italien,
besser bekannt aus als Dietrich von Bern. In
Verona hoch über der Etsch bewohnte er einen

Palast. Noch heute erzählt man sich so manch Geheimnisvolles über diese Burg.

Der andere war der Zwerg Laurin, König vom Rosengarten. Sein unterirdisches Zwergenreich lag hoch oben in den Dolomiten in der Gegend nicht weit entfernt von Bozen.

König Dietrich war prächtig anzusehen, jung und auch stark. Mit seinem Pferd Falke bewegte er sich so blitzschnell als ob es acht Beine hätte. Es trug ihn mühelos auch in weit entfernte Gegenden seines großen Reiches. Sein Zeichen war aber das besondere Schwert. Es sei magisch, sagte man, und viele Feinde oder Widersacher waren in Schlachten schon besiegt worden.

Der Vorteil von Zwergenkönig Laurin aber war, er trug einen Zaubergürtel, der ihm unheimliche Kräfte verlieh. Auch konnte er sich unsichtbar machen. Er setzte sich einfach eine Tarnkappe auf, schon wurde er mit samt Pferd und Schwert von niemandem gesehen. So gewann der wirklich kleine König so manchen Kampf auch mit sehr viel größeren Gegnern.

Zwergenkönig Laurin

Ja, er war knapp fünfzig Zentren groß und sein Pferd war nur so groß wie ein Ziegenbock. Er herrschte in mythischer Zeit über ein unterirdisches Reich. Sein Volk waren die Zwerge, die in den Bergen unermüdlich im Bergbau arbeiteten. Sie förderten unermessliche Schätze zu Tage, brachten Edelsteine, Kristalle und Silber ins unterirdische Schloss. Sie füllten die Kammern, derweil Laurin hoch über ihnen seinen wunderschönen Garten pflegte.

Hier blühten das ganze Jahr über tausende von Rosen. Laurin hatte rundherum um seinen Rosengarten einen seidenen Faden gespannt. So schütze er die Rosen, denn niemand konnte den Garten unbeobachtet betreten. Aber Laurin war trotz der vielen angehäuften Schätze einsam. Er pflegte seinen Rosengarten, aber niemand teilte die Freude mit ihm. Er wünschte sich so sehr eine Frau, schickte sogar Späher aus, sie konnten aber im ganzen Land keine passende Frau für ihn finden.

König Laurin hatte noch ein weiteres Geheimnis. das war sein sog. Zwölfmännergürtel. Legte er ihn an und setzte die Tarnkappe auf, war er unermesslich stark, eben wie zwölf Männer und gleichzeitig für Tier und Mensch unsichtbar. Jeder wusste es, Laurin besaß magische Kräfte, und so flog er eines Tages auch unerkannt ins nahe Verona. Laurin war nämlich folgendes zu

Ohren gekommen: Hier im Palast hoch über der Etsch feiert man ausgelassen und König Dietrich weilt auf seiner Burg auf dem Rocca del Garda!

Das erscheint Laurin wie ein Wink des Schicksals und auch ein günstiger Moment zu sein. Er hatte von der Schönheit der noch unverheiratete Künhild gehört. Sie war zwar Dietlaibs Schwester, aber er wollte sie doch gleich lieber selbst fragen, ob sie seine Königin werden wolle.

Und so kommt er in Verona an. Das Fest ist schon auf dem Höhepunkt angelangt. Wein fließt in Strömen, Männer und Frauen tanzen oder sind in Brettspielen versunken, Narren reißen Possen, Gaukler führen ihre Kunststücke vor, Gelächter und die Musik überdeckt alles! So kann Laurin sich unerkannt ins Gemenge stürzen. Gleichsam wie im Fluge schnappt er sich Künhild, Dietlaibs Schwester und im Nu ist er auch schon wieder auf dem Rückweg zum Rosengarten.

Lange bleibt der Raub unbemerkt. Künhild wird von ihrem umtriebigen Bruder Dietlaib auch gar nicht vermisst und Zwergenkönig Laurin heiratet das schöne Mädchen. Beide sind glücklich bis, ja bis Dietlaib nach einiger Zeit doch nach seiner Schwester sucht. Niemand kann ihm sagen, wohin und mit wem sie das Fest verlassen hat. Da kommt ihm gleich ein schrecklicher Gedanke, hatte der Zwergenkönig Laurin etwas mit dem Verschwinden seiner Schwester zu tun?

Jeder wusste es, wenn es um Schandtaten ging, hatte König Laurin ja häufig seine Hände ihm Spiel. Dietlaib war sich mit einem Male seiner Sache ganz sicher. Ja, der Zwerg hatte mit Künhilds Verschwinden zu tun! Also ritt er nach Burg Garda, um seinen König und Freund zu befragen.

Was war vorgefallen, wo war Künhild? Das wusste Diedrich natürlich auch nicht, er war bei dem Fest ja nicht dabei gewesen. Aber Dietlaib drängte ihn, wenn einer die Angelegenheit aufklären könnte, dann sei er es! Auch hatte Dietlaib schon vorgesorgt, alle verfügbaren Männer zusammengerufen und nun war das kleine Heer auch schon auf dem Wege zu Laurin! Ihre Aufgabe war jetzt einzig und allein nur noch, seine Schwester aus den Fängen dieses heimtückischen Zwergs zu befreien.

Der Sage nach zu urteilen, äußert Dietrich von Bern aber Bedenken. Ohne Nachweis einer Schandtat einen König einfach zu überfallen, ihm gar den Krieg zu erklären, das konnte er nicht gutheißen! Aber schließlich ließ er sich doch erweichen. Es ging ja um seinen Freund Dietlaib und dessen Schwester.

Künhild war ja ganz offensichtlich tatsächlich aus seinem Palast in Verona gekidnappt worden. Dietrich von Bern fühlte sich also dafür verantwortlich. Seine Wachen hätten wohl geschlafen, wie sonst hätte der Zwergenkönig aus dem

*Rosengarten unbemerkt in seinen Palast eindrin-
gen können?*

Ob Laurin tatsächlich dahinter steckte, war jetzt
ganz unwichtig. Künhild musste jedenfalls
gefunden werden, und so brach auch Dietrich
von Bern zusammen mit seinem Waffenmeister
und väterlichen Freund Hildebrand schließlich
von Burg Garda in Richtung Rosengarten auf.

Dietlaib war schon vorausgeritten und traf bald
auf das kleine Heer der Ritter. Wie sollte es nun
weitergehen? Wo blieb ihr König? Die Ritter
und ihre Pferde waren unruhig, alle wollten
endlich in den Kampf ziehen.

Als Dietrich und Hildebrand endlich vor dem
Rosengarten ankamen und die Fülle der Blüten
sahen, staunten sie. So etwas Wunderbares
hatten sie noch nie gesehen! König Dietrich
befahl, den Garten ja nicht zu betreten oder den
zarten Seidenfaden durchzureißen!

Zunächst wollte er sich aber erkundigen, ob
Laurin Künhild tatsächlich geraubt und in
seinem Schloss versteckt hielt. Er wollte die
Angelegenheit in aller Ruhe klären. Aber Laurin
erschien schon und der eigentlich immer zornige
Dietlaib stürmte einfach los. Ja, er ritt geradewegs in den Rosengarten hinein, und schon war
der Seidenfaden zerrissen. Der Zwergenkönig
schrie, fluchte und gleichzeitig forderte er König
Dietrich zum Kampf heraus.

Die Ritter lachten nur, was will dieser Zwerg eigentlich? Auch sie stürmten sogleich in den Rosengarten hinein. Ihre Pferde zertrampelten die Rosen und Laurin wurde immer wütender. Da stellte sich Dietrich und der Kampf begann.

Laurin trug wie immer seinen Zwölfmännergürtel. Flugs hatte er sich auch seine Tarnkappe aufgesetzt. So war er unsichtbar und traf seinen Gegner mit jedem Hieb. Dietrich schlug blind um sich, so groß, stark und behänd er auch sein mochte, er war dem Zwerg ganz einfach hilflos ausgeliefert.

Da schrie Hildebrand: Zerreiß ihm den Gürtel! Aber Diedrich konnte ihn ja gar nicht sehen. Hildebrand rief: Achte auf die Bewegung im Gras, dann wirst du sehen, wo er steht!

Diedrich zögerte nicht lange. Er sah, wie und wo sich das Gras bewegte und ritt auf Laurin zu. Der Kampf wurde rasch entschieden. Dietrich packte den Zwerg, Laurin ging zu Boden und wie er auch schrie und zetterte, alle Verwünschungen nützten ihm nichts. Dietrich nahm ihm den Zwölfmännergürtel und die Tarnkappe ab. Da stand er nun, und auch sein magisches Schwert war zu Boden gefallen. Er war nur noch ein winziger wehrloser Zwerg!
Da öffnet sich plötzlich eine Tür im Felsen und Künhild trat heraus. Sie war gerührt, danke König Dietrich für die Befreiung, die aber

eigentlich keine war! König Laurin sei ein guter Mann und Dietrich und er sollten sich ihr zuliebe versöhnen. Der König war überrascht, Künhild so frei und glücklich zu sehen. Er reichte Laurin die Hand und Künhild führte sie nun alle ins unterirdische Schloss. Sie gingen durch viele Gänge und kamen schließlich in einem großen Saal an. Dort war schon die Tafel gedeckt und alle setzten sich zum Mahl nieder. Sie wurden bestens bewirtet, und von den Zwergen mit Gesang und Spiel erfreut.

Zur vorgerückter Stunde floss der Wein immer noch reichlich. Den ganzen Abend über hatte Dietlaib seine Schwester aufmerksam beobachtet. Es gefiel im ganz und gar nicht, dass es ihr bei Laurin gut zu gehen schien. Das konnte doch gar nicht sein! Und auch der Zwergenkönig war glücklich! Ob nun zuerst Dietlaib und die Ritter oder die Zwerge Händel suchten, blieb unklar. Jedenfalls endete das Fest plötzlich und unerwartet im Durcheinander und Tumult. Schließlich nahmen Dietlaib und seine Männer Laurin fest. Gefangen und in Ketten musste er seinen Rosengarten verlassen und wurde nach Verona gebracht. Aber vorher hatte Zwergenkönig Laurin gerufen und dann den Rosengarten auch noch verflucht:

- *Diese Rosen haben mich verraten. Hätten die Recken nicht die Rosen gesehen, so wären sie nie auf meinen Berg gekommen!*

- *Keiner soll ihn je wieder sehen, weder bei Tag noch bei Nacht!*

Er hatte aber den Abend, die Dämmerung vergessen! So kommt es, dass der verzauberte Rosengarten in der Dämmerung immer noch seine Rosenpracht zeigt und der Berg über und über im Rosenschimmer erstrahlt. Und wenn man ein bisschen Glück hat, kann man bis zum heutigen Tage die ganze Rosenpracht sehen.

Und was wurde aus Laurin? Es wird berichtet, dass der Zwerg am Hofe von König Dietrich von Bern als Hofnarr lebte. Seine Aufgabe war, den König nicht nur mit Späßen und Kunststückchen zu unterhalten, sondern er war auch sein Vertrauter und Berater. Narren können als einzige einem König die Wahrheit sagen, so wird berichtet. Ob das heute noch gilt, sei einmal dahingestellt.

Die Sage von Dietrichs

Ende und Höllenfahrt

König Dietrichs von Bern, einst jung, schön und stark, war alt geworden. In einer Sage wird etwas Sonderbares über sein Ende erzählt, von der Höllenfahrt des alten Königs ist hier die Rede.

Als Dietrich alt geworden war, blieb er dennoch rüstig. Sein Pferd Falke trug ihn blitzschnell in entlegene Gegenden seines Reiches und er schlug immer noch so manche Schlacht. Denn im Kampf vertraute er nicht nur auf Erfahrung, sondern auch auf sein besonderes Schwert. Auch ging er im Etschtal gerne zur Jagd, und wenn er sich nicht auf seiner Burg am Gardasee aufhielt, konnte man ihn in seinem Palast in Verona antreffen. Die Stadt wurde ja auch Bern genannt. Da war er gerade und es ereignete sich folgende merkwürdige Begebenheit. Er nahm gerade ein Bad als einer seiner Knappen rief:

Herr, hier läuft ein Hirsch, Noch nie sah ich ein so schönes und stattliches Tier.

Als der König das hörte, sprang er auf, nahm seinen Bademantel und warf ihn rasch über.

Als er das Tier sah, rief er: Nehmt mein Ross und meine Hunde!
Die Knappen liefen so schnell sie nur konnten und holten seinen Hengst Falke Das dauerte

Diedrich zu lange, er sah aber ein mächtig großes rabenschwarzes Ross schon gesattelt stehen. Er schwang sich auf den Rücken des Pferdes.

Genau in diesem Augenblick ließen die Knappen die Hunde los. Sie wollten aber diesem Ross nicht nachlaufen, sie blieben einfach stehen.

Das Ross flog schneller als ein Vogel dahin. Sein bester Knappe ritt mit seinem Pferd hinterher und alle Hunde folgten ihm.

König Diedrich merkte, dass dies kein Ross sein konnte und wollte sich von seinem Rücken losreißen, konnte aber kein Bein von der Seite des Pferdes heben, so fest saß er.

Da rief der Knappe: Herr, wann wirst du wiederkommen, warum reitest Du so schnell? Der König antwortete: Ich reite ins Verderben. Das muss ein Teufel sein, auf dem ich sitze. Wiederkommen werde ich, wenn Gott will und Sankta Maria!

Dann verschwand das schwarze Ross, so dass der Knappe König Diedrich nicht mehr sehen konnte. Niemals hat man seitdem etwas von ihm vernommen. Es kann kein Mensch sagen, was aus König Diedrich geworden ist.

Burg Runkelstein

Wie versprochen, wir wollen ja noch die Fresken in Runkelstein ansehen. Sie sind Zeugnis für die Verbreitung der Heldensagen im Mittelalter. Ähnlich wie ich sie nacherzählt habe, wurden sie zuerst nur mündlich verbreitet.

Roncolo thront wie eh und je geheimnisvoll auf dem Porphyrfelsen. Das ist so, als würde sie immer noch den Eingang zum Sarntal beobachten und auch bewachen. Der Anstieg ist steil und bei der Hitze wenigstens für mich anstrengend. Aber ich konzentriere mich auf die faustgroßen Kristalle zwischen den Pflastersteinen. Sie funkeln und glitzern geheimnisvoll, und schon sind wir oben angelangt. Das Burgtor liegt vor uns.

Wir sind schon viele Male über die Brücke und durch das offene Tor in den Burghof gegangen, aber jetzt ist ein besonderer Augenblick gekommen. Wir wollen unseren Enkelkindern Lena, Piet und Clara die Bilderburg zeigen. Das hier ist eine ganz richtige Burg, nicht so eine Wehrburg wie am Gardasee.

Aber erst einmal schauen wir uns auf dem Burghof um. In der Schlossschenke sind Plätze frei, und wir nehmen erst einmal unter einem großen Wallnussbaum Platz. Hier ist es schön schattig, und wir können von hier auf die Galerie vor dem Sommerhaus sehen. In den Jahren 1388 bis etwa 1410 entstand hier der größte profane Freskenzyklus des Mittelalters.

- Was sind denn nun Fresken? Wie sind sie an die Außenwand des Sommerhauses gekommen?

- *Fresko ist eine Frischmalerei a fresco, al affresco - ins Frische.*

- So funktionierts: Farbpigmente werden in Wasser eingesumpft und dann vom Freskanten auf frischem Kalkputz aufgebracht, also aufgemalt. Bei der Carbonatisierung des Kalks werden die Farbpigmente stabil in den Putz eingebunden.

- *So sind auf Burg Runkelstein an der Außenwand des Sommerhauses die Bilder von Dietrich von Bern, Siegfried, Dietlaib von Steier, Riesen und Zwerge gekommen. Auch Ortnit ist einer der drei Riesen, die dort auf den Wandbildern zu finden sind.*

Im Hochmittelalter waren die sagenhaften Geschichten von tapferen und siegreichen Königen aus dem Frühmittelalter beliebt. Man glaubte, in jener ferner Zeit hätten noch Drachen, Riesen, Zwerge, Zauberer und Hexen sowie auch gute oder böse Feen die Berge rings herum um den Gardasee bevölkert. Besonders auch im Etschtal und weiter hinauf bis in die Alpen waren diese mythischen menschenähnlichen Gestalten und auch die gefährlichen Urzeittiere noch anzutreffen. So trugen Dichter und Sänger abenteuerliche Geschichten aus der Völkerwanderungszeit und dem frühen Mittelalter, von Königen wie Ornit vom Rocca di Garda und besonders auch Dietrich von Bern vor.

Dichter und Sänger zogen von Burg zu Burg und sorgten für die Unterhaltung des Burgherrn und seiner Gäste. Im Hochmittelalter waren auch Sagen aus entfernten Gegenden Europas wie die Arthussage sowie Tristan und Isolde bekannt. Viele weitere Sagen um König Dietrich von Bern waren im Umlauf und gehörten sozusagen zum Standartprogramm der Sänger. Varianten waren an der Tagesordnung, geschickte Sänger schmückten ihre Lieder je nach Auftragslage mit allerlei Sensationsmeldungen aus. Namen wechselten, so hieß Künhild auch mal Kunhilt oder Similde und auf der nächsten Burg auch wieder ganz anders. Aber Orte wie Verona oder Rocca di Garda blieben und der gotische König Theoderich, der von 418 bis zu seinem Tode im Jahr 451 regierte, kehrte in den hochmittelalterlichen Epen als Dietrich von Bern zurück.

Zogen die Sänger weiter, so hatte sich schon rumgesprochen, was auf der Nachbarburg vorgetragen wurde. Da musste dann schnell auf die Erwartungen des Burgherrn Rücksicht genommen werden. Was will er hören, wer ist er und welche Personen gehören noch zur Familie, wer sind die Zuhörer? Werden Gäste erwartet und was ist der Burgherr bereit, dem Sänger zu zahlen?

Wie die Fresken zeigen, wurden die uns heute bekannten Sagen sicherlich auch auf Burg Runkelstein vorgetragen. Das kam den Menschen entgegen, denn wenige konnten im Mittelalter schon lesen und Bücher, so wie wir sie heute haben, gab es natürlich auch noch nicht. So wurden die Geschichten oder das Bild ihrer Hauptdarsteller von Freskanten an die Wand gemalt. So konnte sich der Betrachter ein genaues Bild machen oder ganz einfach auch seine Fantasie walten lassen.

Die Bilderburg
Runkelstein

- Im Jahr 1237 lassen die Brüder Friedrich und Beral von Wangen die Höhenburg Runkelstein bei Bozen erbauen.

- 1385 erwarben die Kaufleute Niklaus und Franz Vintler aus Bozen Burg Runkelstein - Castel Roncola. Schon um 1393 herum entstanden die Wandmalereien auf Runkelstein bei Bozen. Sie wurden im Auftrag von Niklaus Vintler ausgeführt.

- 1413 stirbt Nikolaus Vintler und sein Bruder Franz wird mit Runkelstein belehnt.

- 1476 bzw. 1478 erwarb Erzherzog Sigismund die Anteile von den Vintlererben.

- Anfang des 16. Jahrhunderts veranlasste Kaiser Maximilian I. die Renovierung der Fresken.

Aber Burg Runkelstein verfiel im Laufe des 18. Jahrhunderts zu einer Ruine, bis es etwa einhundert Jahre später gerade diese Burgruine war, die von den Romantikern „wieder entdeckt" wurde. Es machten sich viele auf den Weg, um die auf der Porphyrplatte thronende Burgruine am Eingang des Sarntals zu sehen und vor allem zu malen. Darunter waren Dichter, Maler, alle samt Romantiker, wie beispielsweise Johann Joseph Görres (1776-1848) und der Künstlerkreis um König Ludwig I. von Bayern. Im Jahr 1833 besuchte auch er Runkelstein.

Quellen und Fachliteratur

Bandini, Ditte und Giovanni. Das Zwergenbuch. Originalausgabe 2004 Deutscher Taschenbuch Verlag GmbH, München. Laurin und sein Rosengarten

Grimm, Jacob und Wilhelm, Deutsche Sagen. 2011 Anaconda Verlag Köln
Erichson, Sine. Deutsche Heldensagen,Wilhelm Heyne Verlag München
Darin Dietrichs von Bern. Bearbeitet, nacherzählt von Heike Hagenmaier TBT Verlag 2017

Haug, Walter; Heinze, Joachim; Huschenbett, Dietrich; Ott, Norbert H.; Runkelstein Wandmalereien des Sommerhauses. Dr. Ludwig Reichelkt Verlag Wiesbaden 1982

Kühebacher, Egon; Hg.; Deutsche Heldenepik in Tirol. König Laurin und Dietrich von Bern in der Dichtung des Mittelalters. Beiträge der Neustifter Tagung 1977 des südtiroler Kulturinstitutes. Verlagsanstalt Athesia, Bozen 1979

Lenotti, Beneddetto. Gardasee-Sagen, 1987 Manfreni R. Arti Grafiche Vallagarina AG Calliano (Trento) übersetzt von Paul Detomasso. Vita Veronese 1959.
Darin Der wunderbare Strahl der Einsiedler; Engardina;Die Hexen von Mondragon. Bearbeitet, nacherzählt von Heike Hagenmaier TBT Verlag 2017

Wolff, Karl Felix König. Laurin und sein Rosengarten. Höfische Märe aus den Dolomiten. Verlagsanstalt Athesia Bozen 2006, 15. Aufl.

ders. Gesamtausgabe Dolomitensagen, Sagen und Überlieferungen, Märchen und Erzählungen der ladinischen und deutschen Dolomitenbewohner Mit zwei Exkursen Berner Klause und Gardasee. Vierzehnte (erweiterte) Ausgabe deutsche Auflage. Tyrolla-Verlag Innsbruck 1977

Titelfoto: Martin Hagenmaier

Buongiorno
Lacus Benacus-Lago di Garda-Gardasee
Vorlesen und Zuhören.

20 Erzählungen vom Gardasee und Umgebung.
Gesammelt und neu erzählt von Heike Hagenmaier

Das sind Märchen, Sagen, Erzählungen für Erwachsene.
Der Gardasee, eingebettet in eine märchenhafte alpine
Landschaft, hält seit Urzeiten einen Schatz von Erzäh-
lungen bereit. Heldensagen sind in die Weltliteratur
eingegangen und wurden Gegenstand von vielen wissen-
schaftlichen Untersuchungen.

Die Autorin hat diese alten Geschichten wieder entdeckt.
Neben diesen und anderen schon bekannten Erzählungen
wird auch eher Märchenhaftes erzählt. Am Gardasee treiben Wetterhexen ihr Unwesen, im Etschtal hausen Drachen, in den nahen Dolomiten wohnen Riesen und
Zwerge. Wasserfeen und Bergnymphen bevölkern Seen
und Berge, Götter steigen zu den Menschen herab.

Bei besonderen Erscheinungen in der Natur, in Seen und
auf Bergen suchten die Bewohner nach Erklärungen. Ur-
ängste wurden wachgerufen, und böse Geister und Drachen bekämpft. Märchenhaftes von Feen, Göttern, Rittern
und ihrer Königin brachte Hoffnung auf eine bessere Welt.

Solche Geschichten wurden mündlich von einer Genera-
tion zur nächsten weitergegeben. Wenn man in unserer
schnelllebigen und lauten, ganz auf aktuelle Informationen
und Bilderflut ausgerichteten Welt, diesen Erzählungen
zuhört, ist es, als ob die Alten damit nie aufgehört haben.
Bedrohliches, Angst wird bewältigt, das wirkt auch in
unserer Zeit beruhigend und entspannend.